《三体》的

种读法

李广益 陈颀 编

生活·讀書·新知 三联书店

图书在版编目（CIP）数据

《三体》的X种读法 / 李广益，陈颀编．—北京：生活·读书·新知三联书店，2017.8
ISBN 978-7-108-05964-2

Ⅰ.①三…　Ⅱ.①李…②陈…　Ⅲ.①科学幻想小说－小说研究－中国－当代　Ⅳ.①I207.42

中国版本图书馆CIP数据核字（2017）第121307号

责任编辑　王　竞
装帧设计　鲁明静
责任印制　张雅丽
出版发行　生活·讀書·新知 三联书店
（北京市东城区美术馆东街22号　100010）
网　　址　www.sdxjpc.com
经　　销　新华书店
印　　刷　北京市松源印刷有限公司
版　　次　2017年8月北京第1版
2017年8月北京第1次印刷
开　　本　850毫米×1092毫米　1/32　印张8.25
字　　数　149千字
印　　数　0,001－7,000册
定　　价　32.00元
（印装查询：01064002715；邮购查询：01084010542）

目录

Contents

代序 《三体》的言说史

李广益

大概是在2005年年底，偶然听刘慈欣说起，他正在创作一部会是出道以来写得最好的长篇小说。那时候，大刘已经是科幻圈内赫赫有名的作家，1999年以来陆续发表了《流浪地球》《全频带阻塞干扰》《球状闪电》等脍炙人口的作品，拥有一大批号称“磁铁”的忠实粉丝。他的写作风格被吴岩教授精辟地命名为“新古典主义”，在中国科幻界独树一帜而又别开生面。得知他对新作有如此的自信，我的心中不禁充满了期待。

《三体》第一部从2006年5月起在《科幻世界》上连载了八期，好评如潮，让《科幻世界》再度洛阳纸贵。我已经有好些日子只是断断续续地看《科幻世界》，但这半年中也每月三顾报刊亭，以便第一时间拜读《三体》的最新内容。这是《科幻世界》这份老牌科幻杂志第一次也是唯一一次全文连载长篇，慧眼识珠的副总编姚海军拍板开此先河。此后，姚海军还作为《三体》的责任编辑，为小说的修订、出版和推广做了大量不为人知的工作。《三体》单行本出版后，读者们在豆瓣网站、百度贴吧和各种各样的网络论坛展开了热火朝天的讨论。科幻迷的评论不一定引经据典，但思路活跃而广阔：有的挑《三体》中的硬伤或针对书中的某个设想延伸讨论，有的把《三体》和已经获得雨果奖或星云奖的科幻名著放在一起比较（不知有多少人想到，有一天《三体》也会登上雨果奖的殿堂，与那些大师经典比肩？），也有铁杆粉丝反复品味小说中的精彩段落和词句，并和大家分享自己的心得。《三体》最早的读者，在网络上记录了他们的真切感受，更留下了星星点点的真知灼见。这些一闪而逝的灵光，虽然现在已经越来越不容易捕捉，但却为后来的“三体热”酝酿了人气，也成为后续研讨的宝贵材料。

《黑暗森林》出版之后，读者普遍认为又上了一个台阶，继而对三部曲的完结之作翘首以待。2010年，《死神永生》问世，不仅再次让科幻迷群情激昂，还在一些媒体人的热心推动下，成为流行文化的热门话题。如果不算1999年的全国高考作文题目刮起的科幻旋风，这或许是20世纪80年代初的科幻热潮之后，单部科幻小说第一次成为万众瞩目的文化热点。我当时在海外忙于学业，后知后觉，直到从不看科幻小说的中国同学来向我打听《三体》，我才意识到大刘的三部曲不再是“小众的大众文学”，居然有那么多人都想一睹为快。自然，不是所有的人都能找到阅读刘慈欣或科幻的节奏，有些习惯了细腻文笔的文学青年受不了《三体》的“粗糙文风”及“呆板形象”，也有科研工作者留下“硬伤太多，不能成立”的差评，不过更多的人在读完小说的最后一个字之后，如同刘慈欣期待的那样，不能不怅然而敬畏地仰望星空，“心事浩茫连广宇”。

不过，普通读者的口耳相传只能让《三体》的声誉水涨船高，特殊的读者却能给它装上火箭助推器。谁也没有想到，以小米科技掌门人雷军为代表的许多IT界大腕读了《三体》之后连声叫好，在各种场合不遗余力地加以推介。在他们看来，自己搏杀其中的商场就是一个凶险的黑暗森林：生存需要、猜疑链、技术爆炸、降维攻击……《三体》所讲述的故事竟与IT界的生态若合符节，让创业路上九死一生的大腕们心有戚戚焉。一时间，业务繁忙、分身乏术的他们，纷纷以参与科幻论坛，与大刘谈天说地、畅想未来为乐事。雷军们对《三体》的欣赏，显然是着眼于“黑暗森林”的想象所蕴含的社会法则，而这个“社会”是过着平凡生活的人们所不熟悉的。在越来越以财富为成功标准的当代中国，具有时尚、前卫等行业特征的IT精英推崇《三体》，这就进一步扩大了其社会影响力。

也是在三部曲完结后的几年中，文学研究界终于开始普遍了解《三体》和中国科幻的兴盛。但是，墙内开花墙外香的《三体》，无法简单地用主流文学的标准来衡量。一些批评家认为《三体》和刘慈欣的其他小说别具一格，但不知道该怎么评价，更多的人仅仅是记住了书名。除了几位科幻研究的专家，对《三体》赞赏有加的多是视野开阔、兴趣广泛甚至早就有科幻小说阅读经验的学者。比如提出刘慈欣“单枪匹马”把“中国科幻文学提升到了世界级水平”这个论断的复旦大学严锋教授，便是众所周知的超级玩家、科技发烧友，还担任了科普杂志《新发现》的主编。严锋的好友、在美国任教的宋明炜教授读到《三体》后，叹为观止，不仅自己写下了洞察《三体》之美的精彩批评，还抓住一切机会、用各种形式向学界和公众推介《三体》和中国科幻，为中国科幻文学的海外传播立下汗马功劳。而在国内，对《三体》意义的认识经历了一个不断提升的过程：从追逐现象的浅显评述，到承认《三体》的美学意义和思想价值，再到立足于中国当代文学的发展脉络，指出这部杰作重建了主流文学缺失或放弃的“整体性”，束缚在小说叙事结构中的能量终于被释放出来。2016年在海南大学举行的“刘慈欣科幻小说与当代中国的文化状况”研讨会，便充分表达了思想敏锐的文学研究者对《三体》及其作者的敬意。

不同于寻常小说的是，《三体》的学术影响力明显越过了文学的边界。我在上海参加第九届中国文化论坛时，发现北大法学院朱苏力教授已然把“失去人性，失去很多；失去兽性，失去一切”作为自己论文的题词。对于非文学界的学者来说，《三体》不仅提供了凝固着哲理的格言警句，还探讨了许多他们念兹在兹的社会、国家或文明议题。在《三体》中，有人看到文明冲突,有人发现了现代或当代中国的隐喻,有人提炼出对“末人”的批判……马基雅维利、霍布斯、黑格尔等先贤所思索过的政治哲学和道德哲学命题,在宇宙尺度下徐徐展开,会是怎样的景象?《三体》应和或者唤醒了一个又一个曾经如是玄思的头脑。一部小说能够激起文、史、哲以及法学、政治学、社会学、国际关系等各个领域学者的广泛兴趣,放眼20世纪以来的中国现代文学都是极其少见的;而《三体》还能让从事天文、物理、航天、生物研究的诸多科学家津津乐道,甚至衍生出《〈三体〉中的物理学》之类的科普著作,更是绝无仅有。在这个意义上,王德威教授2011年的北大讲演以“从鲁迅到刘慈欣”为题,当时体现的是批评家的识见,现在再看,又多了几分智者的远见。

2014年,由著名华裔科幻作家刘宇昆翻译的《三体》第一部 *The Three-Body Problem* 在美国上市了。尽管相当多的中国读者认为《三体》可以和最优秀的西方科幻小说媲美,但很少有人对于它的海外认可度充满信心。毕竟,“有意栽花花不开”的失败案例比比皆是,而海外尤其是美国又有着异常深厚的科幻传统以及不爱看翻译作品的文化倾向。隐约记得大刘本人也说,《三体》能被翻译成英文自己就很开心了,并不抱什么奢望。再一次地出人意料,《三体》在美国迅速走红,跻身畅销科幻小说,赢得大批疯狂程度不亚于中国读者的粉丝。美国的科幻小说作家和批评家对这本书也多给予高度评价。事实证明，刘慈欣大气磅礴的想象，辅以刘宇昆生动传神的译笔，足以征服文化背景不同的各国读者；而《三体》所取得的成功，尤其是中国教育图书进出口公司专业而用心的运作，堪称文学输出和跨文化传播的典范。第二年夏天，《三体》不负众望，荣膺雨果奖。

“科幻界的诺贝尔奖”无疑是中国科幻史上的一座丰碑。各大媒体连篇累牍的报道、国家领导人的重视和鼓励，以及图书市场的热烈反应，不仅让《三体》变得家喻户晓，也为中国科幻的发展创造了梦寐以求的历史机遇。另一方面，随着《三体》被翻译成越来越多的语言（迄今已有 11 种），世界各地的读者都加入了热议《三体》的狂欢。他们基于各自的文化背景和阅读积累，在 Amazon、Goodreads 和许许多多英语和非英语论坛上提出了各种各样的看法，其中不乏言简意赅、一针见血、发中国人所未见的评点，还有不少天马行空的联想。读者中名气最大的一位是美国前总统奥巴马，他曾经把《三体》放入度假时的行囊，也曾走后门找 Tor 出版社要到尚未正式发行的《死神永生》先睹为快，还兴致勃勃地告诉书评人，和书中宇宙级别的想象相比，平时和国会斤斤计较的事情显得格外渺小。除此之外，美国的专业研究者也迅速跟进，已经有好几位年轻学者以刘慈欣的科幻创作为博士论文研究主题，走在了相关学位论文还没有突破硕论层次的中国学界前面——不过年轻人的反应都很快，这说明从小生活在信息社会、数字时代的他们会更自然地把《三体》视为汇入文学长河的清流。

在文化产业日益发达的今天，畅销世界的《三体》是不折不扣的超级 IP。和科幻小说相比，科幻电影的受众更为广泛，更能创造巨量的商业价值，因此中国科幻界一直在期待叫好又叫座的国产科幻大片。《三体》电影从确定投拍开始，就承载着各界的厚望与关注，以至于制作方不断追加投入，上映日期一再推迟。有趣的是，就在电影制作推进缓慢的时候，《三体》舞台剧却闪亮登场，吃到了商业改编的螃蟹。应该说，《三体》的影视转化乃大势所趋、众望所归，未来或许还会呈现为话剧、连续剧、动漫、外传电影等各种形式，但投入大量资金的商业制作并不一定能很好地表达《三体》在人们心中激起的那般元气淋漓的惊异感。倒是热爱《三体》的读者们在激情和冲动中创作的同人作品，让人难以忘怀：以宝树的《三体 X》为代表的同人小说，若干个版本的《三体》有声小说、广播剧以至《三体》评书，《红岸 1979》《岁月成碑》等同人音乐，文字推理 RPG 游戏，《我的三体》团队利用 MineCraft 自制的游戏动画剧……其中最精美甚至可以用“销魂”来形容的，莫过于游学海外的王壬向《三体Ⅱ：黑暗森林》致敬的同人短片《水滴》。不到十五分钟的片子，却将异常丰富的思想和历史内容巧妙地整合进堪称天才的影像创意中，纯然大师风范，顺理成章地反过来赢得了大刘的由衷敬意："可以负责任地说，这就是我心目中的《三体》电影，如果能拍出这种意境，真的死也瞑目了。"

但有光的地方就有阴影。一直以来，批评《三体》的人物塑造过于扁平、情节设计不尽合理、语言不够精致的声音不绝于耳，不少外国读者也持这种意见。更严厉的指责则把矛头对准了《三体》的思想内涵。三部曲完成之后，不断有文章批评道，书中的"宇宙社会学"流露出对集体主义、国家主义、社会达尔文主义的欣赏，因而是在宣扬错误甚至是反动的价值观。一方面，论者似乎忘记了，科幻小说是一种宽容的文类，容许作者在自己构建的极端情境中测试并探讨人性以及社会的可能与不可能；另一方面，小到雨果奖评选过程中的"小狗门"事件，大到近年来欧美的一系列波动，都使得对《三体》的理解牵涉甚或嵌入当代世界的思想乱局，南辕北辙的评判都自有其情理。对杰作真正深刻的批评是另一种形式的致敬，个中翘楚当属弱冠之年的房誉写下的《爱、生命与希望：简明银河社会分析史》这部看似科幻编年史的学术著作。

面对鲜花和掌声，刘慈欣一向保持着谦逊和冷静；而对于各种形式和倾向的解读、诠释，他更愿意与之保持适当的距离。比起学者对自己作品的长篇大论，刘慈欣更乐于和各行各业的科研人员、技术专家谈笑风生，一起展望人类的未来；出席学术会议时，会上的创作谈或是圆桌讨论，远没有会后的夜啤酒和烧烤那么吸引他。收入的增长，身份的改变，并没有掩盖刘慈欣作为一个骨灰级科幻迷的本色。他多次表示，无论是《三体》还是更早的作品，自己的根本出发点都是要把一个技术构想发展成有趣的故事，而不是别的。这让我很自然地想到与刘慈欣互相欣赏的莫言在领取诺贝尔文学奖时发表的主题演讲,《讲故事的人》:

> 对一个作家来说，最好的说话方式是写作。我该说的话都写进了我的作品里。用嘴说出的话随风而散，用笔写出的话永不磨灭。我希望你们能耐心地读一下我的书，当然，我没有资格强迫你们读我的书。即便你们读了我的书，我也不期望你们能改变对我的看法，世界上还没有一个作家，能让所有的读者都喜欢他。在当今这样的时代里，更是如此。

毋庸置疑，刘慈欣和莫言这样的小说作家确实都在讲好故事方面倾注了极大的心力,他们的成功有赖于此。但是,“讲故事”并不是免于争议的安全声明，因为任何大于自然社群（邓巴数）的人类聚落都需要集体想象的虚构故事来维系自身的存在。正如奥巴马在接受采访时所说，政治家最重要的任务之一就是讲一个能够汇聚大家的好故事。“讲故事的人”越是优秀，他讲的故事就会流传得越广泛，在愉悦人心的同时潜移默化，成为共同体的一块精神基石。又名“地球往事”的《三体》所讲述的文明故事，注定会因其本身包含的力量，长久地吸引读解和阐发的热情。从另一个角度考虑，最好的科幻小说是工业时代的诗和远方，对《三体》的多重认识是“诗无达诂”的现代演绎，也是对其卓越的再度肯认，是经典化的必然环节。最后，一切伟大的文学作品，从出版的那一刻起就不再属于作者，而会在界限并不分明的无尽悟读和误读中，成为人类共同的精神财富。我相信，对《三体》的阅读和言说，将在岁月的绵延中，实现这样的意义。

惊异、宏大与中国科幻的“刘慈欣问题”

李广益

作为研究科幻多年、同时从事着中国现当代文学的教学与研究的大学教师，我得说，游走在这两个领域之间，有一种奇妙的体验。按理说，科幻文学也是文学的一部分，从晚清到今天，各个时期的科幻文学尽管名称和形式颇有不同，但都和主流文学一样，是那个时代的特定思想文化语境的产物。但是，通常用来考察主流文学的方式，放到科幻文学就有些扞格不入——不，应该说是不够意思，不够味。以文学审美的追求而论，科幻当然也应该努力塑造令人难以忘怀的鲜明形象，构思扣人心弦、跌宕起伏的情节，铸炼风格化而又灵光闪现的修辞……这些是文学之为文学的根本。在这些方面，科幻也并非没有优异成绩，比如对科学家形象的呈现便是科幻文学和电影的一大特色。不过我们显然不能期待科幻这支偏师来承担文学本体自我完善的重任，因而许多对科幻的“文学性”的批评，说得轻点是当然正确、但却捡了芝麻丢了西瓜的废话，说得严重点，是文学的故步自封。

为什么这么说？让我们从文学的根源讲起。中国古代的文学正宗是诗。《毛诗序》对诗歌以至表演艺术的缘起有如下解说："诗者，志之所之也，在心为志，发言为诗，情动于中而形于言，言之不足，故嗟叹之，嗟叹之不足，故咏歌之，咏歌之不足，不知手之舞之足之蹈之也。"心中涌动情感，如地火奔突，寻求宣泄，于是形诸言语，进而演化成程度加强、形式多样的文艺活动。可以说，《毛诗序》所描述的乃是文艺生成的本真过程。中国古典文学，诗词也好，戏曲也好，乃至小说志怪，都贯穿着此一抒情传统。这点放眼全世界的古典文学也是大同小异，因为使用文学作品进行客观冷静的写实是不折不扣的现代做法。并且，尽管有些现代小说如巴尔扎克、茅盾等人的作品具有社会经济史材料的性质，另有些现代作家如阿兰·罗伯－格里耶用"零度写作"的方式刻意压制写作中的情感表达，抒情传统仍然强劲地贯穿着现代文学。而科幻文学的独特之处，就在于它承载着人类的心灵中的一种特别重要的情感——惊异。

科幻文学所表达的惊异，并不是我们在日常生活中的惊讶，而是联结着未知、神秘、超越，与本质性、整体性的人类生命意识和生存境遇相关的情感。惊异与想象有天然的亲缘关系。这种情感，在科学未明、工业未昌的时代，并不附着在特定的文类上，虽然更多地出现在叙事作品中。以中国文学而论，《山海经》《天问》《博物志》《酉阳杂俎》《子不语》《聊斋》

都充盈着惊异，渗透着人类面对超越认知和理解的世界时混杂着憧憬和恐惧的复杂情绪。到了现代，科学世界观在文学领域逐渐占据了支配地位，理性精神也就将惊异压制到了少数几个文学保留地。除了保留着较多前现代特征的民间文学，幻想文学（亦称为推测性文学，包括科幻、奇幻、恐怖等）也是惊异的主要载体，而且因为主要由作家创作，形式上更为精巧。可以说，惊异感（sense of wonder）既是幻想文学的根本审美特征，也是其生命力所在；借由惊异感的营造，幻想文学既具有主流文学所匮乏的美感，又能够启发人们超越现实世界的纠葛，保持对未知的好奇心和探索欲——可以说，这是幻想文学最重要的文化价值。但必须指出，相当多的奇幻、恐怖作品和一部分科幻作品中的惊异是比较空虚的，因为作者“设意作幻”，其出发点仅仅是利用幻想文学的形式来写一个有吸引力的故事，内心深处缺乏那种居一芥子而观三千大千世界从而无限惊异的自觉。元气淋漓的惊异，是幻想文学在文类意义上最可宝贵的特质。这种特质更多地出现在科幻文学中的原因在于，科学和理性在为我们生存其中的自然世界（地球）除魅的同时，又在时间和空间两个维度上揭示了远远超越人类认知、可想象甚至远观但却难以企及的浩瀚宇宙，从而在现代人的心中激起了最真切、最震撼的惊异感。

在明确了惊异之于科幻文学的意义之后，我们就可以破解困扰中国科幻界的“刘慈欣问题”。所谓“刘慈欣问题”，即：为什么只有一个刘慈欣？这个问题最初隐藏在复旦大学严锋教授的肯定判断中：“（刘慈欣）单枪匹马，把中国科幻文学提升到了世界级的水平。”这句话广为流传并成为对刘慈欣所取得的成就的经典论定，但也有科幻界人士对此颇有微词，认为这个说法抹杀了几代中国科幻人的持续积累。在我看来，如果是以中国科幻文学史的整体发展而论，这句话确实过誉了。刘慈欣并非横空出世，他的成长离不开前人作品的滋养和与科幻同人的切磋；他的成功将持久地鼓舞和激励中国科幻界，但到目前为止达到世界级水平的还只有他自己的作品。不过，刘慈欣以《三体》三部曲为代表的创作水准独步中国科幻，这是得到市场、学界、奖项等多方佐证的事实。在后《三体》时代的科幻热潮中，很多编辑和读者叹息，《三体》是一座丰碑，但近期内其他中国科幻作品似乎难以达到或者接近《三体》的水平，这把科幻之火也就无法烧得更加旺盛。要回答“为什么只有一个刘慈欣”的问题，我认为，无须神化刘慈欣的个人天赋，还是要从他的创作实际和理论思考中去寻找答案。

所有人都注意到，“宏大”既是刘慈欣作品的突出特征，也是他的自觉追求。刘慈欣自己对“宏细节”的推崇，以及他对种族形象和世界形象的重视，都是他所明言的成功之道。在多年前的一篇文章《从大海见一滴水》中，刘慈欣遗憾地指出，中国科幻的评论家和读者对这几点都不认可。现在看来，这正是决定惊异之品质的关键所在。无论是中国还是外国，都有很多科幻小说围绕一项或几项新技术、新发明做文章，这当然符合“科幻就是反映科技发展给人类社会带来的变化的作品”这样一种经典认识，有很多妙趣横生的作品都是这个类型。但这种科幻格局普遍较小。在科技发明层出不穷、现实“比科幻更科幻”的今天，这类作品能够激起的惊异不多，而且容易被淡忘。相比之下，“宏细节”和“宏形象”引发的惊异不仅历久弥新，而且蕴含着更加深刻的现代性。现代科学揭示了人类及其生存空间和存续时间的局限和渺小，现代技术使人类日益成为一个相互关联的整体并拥有共同的命运，最为敏锐的现代心灵必然在超越地球和人类的大尺度上感到最深刻的惊异。在哲学，如康德所言，对星空的思考越是深沉和持久，在心灵中被唤起的惊奇和敬畏越多；在科幻，空寂的拉玛飞船、神秘的索拉里斯海和历经二百次毁灭与重生的三体世界，都是充分展现了现代人的惊异从而注定被铭记的经典意象。

对宏大的追求，还使刘慈欣的小说具有非常突出的世界视野，对全人类的命运多有观照。在全球化的时代，刘慈欣放眼天下的态度使他具备了真正的思想者的气质和心胸。中国的主流文学恰恰缺乏这种视野，耽溺于本国现实，甚至迎合西方对特定“现实”的需要，有时候让人产生一种卑琐的感觉。但这并不是说，刘慈欣就不关注现实。尽管有论者将他排除在“科幻现实主义”之外，但刘慈欣的作品对现实的中国社会和人类世界的反映是丰富而深刻的。他对现实表象之下的权力关系和运作法则的体悟，很多时候寄寓在小说的意象和结构之中，而不是写实或者浅显的隐喻。当然，刘慈欣的天下关怀仍然体现了中国本位，这一方面为他赢得了众多赞许，另一方面也引来了一些讥刺。但支配着其创作的深层精神，与其简单地称为民族主义，不如说是一个伟大文明的世界意识的复苏。套用黑格尔的话，刘慈欣的创作是被把握在思想中的它的时代。

正是在深沉的惊异情感和深刻的世界视野这二重意义上，刘慈欣的科幻小说，与单纯将太空歌剧或宇宙布景作为手段营造宏大的作品，和包罗万象却流于浮泛或抽象空洞的作品，以及过分热衷于讽喻现实的作品，都有了根本的区别。

（原载《文汇报》2015 年 10 月 14 日）

弹星者与面壁者

——刘慈欣的科幻世界

宋明炜

弹星者来到我们的星系，以太阳为乐器，演奏的乐曲以光速传到所有的时空。弹星者弹奏太阳，与你何干？

面壁者只想隐藏自己，但需要辨明真伪，他的生存取决于博弈，对于面壁者来说，有弹星者存在的宇宙是零道德的黑暗森林。

刘慈欣与中国新科幻

在中国科幻读者心目中，刘慈欣给这一文类带来前所未有的光荣与梦想。迄今为止，刘慈欣已写作八部长篇小说，三十余部中短篇小说，连续八年获得中国科幻银河奖。对于刘慈欣科幻小说的赞美，莫过于严锋所说的这段话：“在读过刘慈欣几乎所有作品以后，我毫不怀疑，这个人单枪匹马，把中国科幻文学提升到了世界级的水平。”他的最新长篇小说《三体Ⅲ：死神永生》出版之前在网络上引起的期待与兴奋，使“三体”迅速成为流行文化的重要名词。不夸张地说，刘慈欣之于中国新科幻的至高位置，已仿若金庸之于武侠。

科幻本来是中国文学中不发达的文类。王德威将晚清一代的科学小说称为“科幻奇谭”（Science Fantasy），因其中杂糅乌托邦式的政治狂想与新异诡奇的科技描写，在中国现代文学兴起之初，一度形成“淆乱视野”（confused vision）。然而当时这种“淆乱视野”并未延展出更丰富的文化实践，而是作为“被压抑的现代性”之一种，很快在启蒙呐喊与民族忧患构筑的新文化空间中烟消云散了。到了20世纪50年代以后，在苏联文学体制的影响下，社会主义文学给科幻以正统的地位，曾出现郑文光、童恩正、叶永烈等专业的科幻作家。但当想象力被政治正确的要求所束缚时，对未知世界的描绘并不能提供真正的差异性，而只是复制已被意识形态书写完成的“现实”与“未来”。这个局面一直延续到改革初期，当时在科技现代化的政策号召下，中国科幻的形象凝聚在叶永烈塑造的“小灵通”身上：面对未来无忧无虑，洋溢着对技术的乐观，这时的科学幻想几乎等同于面对儿童写作的科普文学。

直到90年代，中国新科幻的浪潮开始形成——事实上，刘慈欣并非孤军奋战的科幻作家，在过去十多年间，他与王晋康、韩松、星河、潘海天、何夕等其他作家一起，共同创造出科幻的新浪潮。称之为“新浪潮”（New Wave），是借鉴美国科幻文学史的概念，指打破传统的科幻文类成规、具有先锋文学精神的写作。在这个方面，中国当代的新科幻几乎完全颠覆以往的科幻写作模式，仿佛构建叙事的思想观念解码本被揉碎了重新改写、整合过，科学想象失去了小灵通式的天真乐观，更多地呈现出暧昧、黑暗和复杂的景象；作家笔下的过去与未来、可知与未知、乌托邦与恶托邦之间，逐渐没有截然可分的界限。这一点也植根于当代科学领域内的知识型的转变。过去二三十年间，唯物主义决定论在改革后中国科学界的地位开始受到挑战，而量子力学、超弦理论、人工智能等新潮科学观念正在重新塑造世界的形象（这与人文领域中出现的先锋派文化和批判理论有着有趣的同步性）：从有序走向混沌，从必然走向模糊，从决定走向启示。

科幻文学曾在80年代初"清除精神污染"运动中遭到打击，正是因为这一文类本身在文本与意识形态之间构成张力，往往诞生出"政治不正确"的幻象。直到十年之后，科幻文学再度兴起，仍与主流意识形态之间有着紧张的关系，虽然这种情形随着流行文化空间的多元化格局出现，已经得到很大改变。但就科幻的文类表征符号而言，无论是外星人，还是异时空，更不用说新科幻作家（特别是刘慈欣）笔下频频出现的新潮科学意象（如量子幽灵、三体的混沌模式、高维宇宙等），都可能蕴含着正统意识形态所不能解释的"另类"意义，而这些意义背后又有着"科学话语"的强大支撑，也无法被传统的文学模式所轻易驯服。

在我看来，崛起于90年代初期、在最近十年中日趋成熟的中国科幻新浪潮，已经发展为一种自成一格的文学想象模式。它其实不能算是晚清科幻的“嫡传后代”，这中间的历史隔膜太大，两个世纪初的科幻文学虽然遥相呼应，尤其是“新中国”的狂想，尽管话语有别，却仍有可对话的余地，但在这两者之间毕竟无法画出一条发展的直线。这里还需要指出的是，我所界定的“新科幻”与近年来迅速走红的奇幻文学有所不同，后者孕育于当前的流行文化，但“新科幻”更强烈地体现着对于中国现代性及其问题的反思，也因此有超越“文化消费”而介入到文化建构之中的努力。相比之下，中国大陆这次科幻新浪潮与台湾地区70年代之后出现的科幻文学潮流更为相似，都有着精英化的立场，也都对国家和历史问题更为关注，但很难确定，张系国这一代作家对中国新科幻是否有直接的影响。

如果把韩松、刘慈欣、王晋康等看作新科幻的代表作家，我认为他们所直接汲取的文化养料，是80年代文学中的开放精神与批判姿态。从90年代至今，当主流文学消解宏伟的启蒙论述，新锐作家的文化先锋精神被流行文化收编，那些源自于80年代的思想话语却化为符号碎片，再度浮现在新科幻作家创造的文学景观之中。也可以说，科幻文学处在主流文学格局之外，却于当代文学已历经嬗变、丧失活力的时候，以新奇的面貌将文学的先锋性重新张扬出来。在这意义上，新科幻像是被放逐在正统文学体制之外的“幽灵”，它自由跨越雅俗的分界，飘浮在理想和现实之间，显现出文学想象中丰富而迷人的复杂性。

以刘慈欣为例，他的创作开始于80年代初期，但直到90年代末才开始发表作品。他最先发表的一批小说如《带上她的眼睛》所具有的抒情色彩，《流浪地球》体现的悲壮理想主义，《赡养人类》对于当代社会贫富分化的尖锐批判，都与正在消解浪漫、理想的当代文学形成强烈对比。阅读刘慈欣的作品，令读者可以在一个想象的空间里，重返当代思想文化最激荡的变动场景之中。刘慈欣于80年代末写作第一部长篇小说《中国2185》，以未来世界的虚拟空间为载体，将大尺度的未来幻想与迫切的现实危机感对接起来。这部小说写的是未来中国的危机与重生：2185年，统治中国的女性最高执政官年仅29岁。网络上诞生了一个华夏共和国，威胁着现实中的政权，虚拟世界和现实世界的战争迫在眉睫。最后，执政官毅然拉断全国电网，所有计算机瘫痪，华夏共和国灰飞烟灭。对人类来说，这个共和国只存在了几个小时，但在高速的电子空间中，它的历史已长达六百年，多少历史兴衰在其间上演。在这场惊心动魄的未遂的革命中，年轻的执政官受到了深刻的启蒙教育，这预示着共和国的重生。

这部小说可视为中国新科幻起源的坐标之一。它以宏伟奇丽的想象，将 80 年代知识精英的理想和困顿，重现于“另类历史”的构想之中。小说有着自觉的“问题意识”，切入现实的角度尖锐而准确，同时也有意制造出批判的距离，将对现实的反思融入对于一个异世界的总体性构想之中。在此之后，刘慈欣的作品始终保持着严肃的精英意识，在看似天马行空的科幻天地里，注入关于中国与世界、历史与未来，以及人性和道德的严肃思考。他的许多作品不仅在科幻读者群中已经变得脍炙人口，而且迅速成为公认的新科幻经典：从《球状闪电》到《流浪地球》，从《乡村教师》到《中国太阳》，从《诗云》到《微纪元》，从《赡养上帝》到《赡养人类》，从《三体》到《三体Ⅱ：黑暗森林》到《三体Ⅲ：死神永生》，刘慈欣的创作逐渐形成独特的个人风格，他的每一部小说都包含着精心构思的完整世界景观，同时又兼有着切肤的现实感。可以说刘慈欣的写作，使中国新科幻的发展有了坚实的“基石”。

“像上帝一样创造世界再描写它”

但刘慈欣科幻小说的魅力，更来自于他独特的美学追求和艺术风格。在中国新科幻作家中，刘慈欣被称为“新古典主义”作家，这可能不仅是指他的作品具有英美“太空歌剧”(Space

Opera）或苏联经典科幻那样的文学特征，而且也因为他的作品场面宏大，描写细腻，甚至令人感受到托尔斯泰式的史诗气息：对于大场面的正面描写、对善恶的终极追问、直面世界的复杂性但同时保存对简洁真理的追求等等。也有论者指出刘慈欣在经过先锋文学去崇高化后的今天，给中国文学重新带来了崇高或雄浑的美感。这种崇高美感在一定程度上来自于他对于宇宙未知世界心存敬畏的描述，在这个意义上，他的写作在世界科幻小说的历史发展中也自有脉络可循。

刘慈欣心仪英国科幻作家阿瑟·克拉克（Arthur C. Clarke）——英语世界“硬科幻”（Hard Science Fiction）的重要代表作家。刘慈欣这样描述自己在读完克拉克小说后的感受：“突然感觉周围的一切都消失了，脚下的大地变成了无限伸延的雪白光滑的纯几何平面，在这无限广阔的二维平面上，在壮丽的星空下，就站着我一个人，孤独地面对着这人类头脑无法把握的巨大的神秘……从此以后，星空在我的眼中是另一个样子了，那感觉像离开了池塘看到了大海。这使我深深领略了科幻小说的力量。”

刘慈欣描述的正是经典意义上的康德式的“崇高”（sublime）：崇高是无形而无限的事物引发的主体感受。刘慈欣自称他的全部写作都是对克拉克的模仿，这种虔敬的说法也道出他从克拉克那里学习的经典科幻小说的母体情节（masterplot）的意义——人与未知的相遇；刘慈欣在自己的作品中企图要做到的，正是如克拉克那样写出人面对强大未知的惊异和敬畏。写出《三体》系列的刘慈欣，应该与克拉克站在同等的高度，特别是阅读《三体Ⅲ：死神永生》带来的那种无边无际、浩瀚恢宏的体验，如同小说中描写的人物在进入四维空间之后突然看到无穷的感觉：

> 人们在三维世界中看到的广阔浩渺，其实只是真正的广阔浩渺的一个横断面。描述高维空间感的难处在于，置身于四维空间中的人们看到的空间也是均匀和空无一物的，但有一种难以言表的纵深感，这种纵深不能用距离来描述，它包含在空间的每一个点中。关一帆后来的一句话成为经典：
>
> "方寸之间，深不见底啊。"

但克拉克小说中的崇高感，保留着康德的超验性的界定，即在崇高的感受之中，精神的力量压倒感官的具体经验。在这一点上，刘慈欣显示出与克拉克的不同。克拉克的世界在描写无限的未知时会着意留白，保留它的神秘感，使之带有近于宗教的先验色彩。如《2001：太空漫游》（*2001: A Space Odyssey*）写到打开星门的一瞬，对那个奇妙宇宙的描绘，止于主人公的一声惊叹："上帝啊，里面都是星星！" 这近乎神性的语言，或许回响着康德传统下的大写宗教理性，这在刘慈欣笔下很少看到。与克拉克相比，刘慈欣采取的描写方式更具有技术主义的特点，但这会使他在惊叹"方寸之间，深不见底"之后，进一步带我们深入到宇宙（比如奇异的"四维空间"）中去认知它的"尺寸"。在描写的链条上，这样的层层递进产生一种异乎寻常的力量，他在与无形无限搏斗，试图想要把一切都写"尽"。或者说，他不遗余力地运用理性来编织情节，让他的描写抵达所能想象的时空尽头。用刘慈欣自己的文学形象来打个比方：他让"崇高"跌落到二维，在平面世界中巨细靡遗地展开。

在《三体Ⅲ：死神永生》中，刘慈欣描绘太阳系的末日。来自未知世界的高级智慧生物"歌者"，飞掠过太阳系边缘时，抛出一个状如小纸条的仪器——"二向箔"，它更改了时空的基本结构，整个太阳系开始从三维跌落到二维平面之中。太阳系逐渐变成一幅巨细靡遗的图画："二维化后的三维物体的无限复杂度却是真实的，它的分辨率直达基本粒子尺度。在飞船的监视器上，肉眼只能看到有限的尺度层次，但其复杂和精细已经令人目眩；这是宇宙中最复杂的图形，盯着看久了会让人发疯的。"

这段描述，以及它给"观察者"（读者）带来的感受，可以用于描述刘慈欣的小说本身。他的科幻想象包容着全景式的世界图像，至于有多少维度甚至时空本身是否存在秩序，在这里并不重要。关键在于，它巨大无边，同时又精细入微，令人感到宏大辉煌、难以把握的同时，又有着在逻辑和细节上的认真。它的壮观、崇高、奇异，建立在复杂、精密、逼真的细节之上，可以说宇宙大尺度和基本粒子尺度互为表里，前者的震撼人心，正如后者的令人目眩。

来自刘慈欣的科幻世界中的逼真感与奇幻性的并存，或者说是凭借一种不折不扣的细节化的“写实”来塑造超验的“崇高”感受，打破了通常意义上的写实成规。文学上的写实成规，本来自有“摹仿”（mimesis）传统之下建立起的与现实世界之间的对应关系。但刘慈欣的写作却可能有着一种不同的目的，在他的笔下，对科学规律的认知、揣测和更改本身，往往才是情节的基本推动力；而他的“写实”方式，即依循这些科学规律的变化而做出相应的细节处理，这有如在更改实验条件之下所做出的推理和观察。他的“写实”面向未知，但以严格的逻辑推演来塑造细节，由此创造出迥异于我们日常世界的“世界”。

比如设想一下这些物理条件下的宇宙和人生：《山》设想在某个遥远行星的内部有着一个封闭的“泡世界”，那里的智慧生物生存在半径三千公里的球形空间，他们仰望“天空”看到的只有固体岩石，“泡世界”的物理学家信奉密实宇宙论，刘慈欣所要处理的现实细节，是一代代的“泡世界”探险家如何通过不懈努力，来认知他们所在的宇宙的真相。《球状闪电》写科学家发现“宏原子”，揭示出在这一新的物理规律下我们世界的面貌，“球状闪电”指向飘浮在另一个“宏世界”的原子，它们构成的最微小物质比我们世界中的整个星系还要巨大。《微纪元》写人类面临灭绝性灾难，为了生存而修改基因，将自身缩小到几微米的大小，于是当太阳氦闪时在地层下面幸存下来，刘慈欣描绘出生动的“微世界”，其中的微人类身体几乎没有重量，他们生活也如儿童一般没有重量，这对于政治和伦理都发生影响，微纪元是无忧无虑的纪元。刘慈欣的两篇早期小说《微观尽头》和《宇宙坍缩》，以激进的科学推理为支撑，展示出的宇宙更加奇异，前者写夸克撞击之后，宇宙整个反转为负片，后者描写宇宙从膨胀转为坍缩的时刻，星体红移转为蓝移，但更不可思议的是，时间开始逆转，连人们说的话都倒过来了——在那个世界中，以上复述应呈现为这个样子：了来过倒都话的说们人连，转逆始开间时，是的议思可不更但……这样的例子在刘慈欣的小说中比比皆是，甚至在《三体》这样的长篇巨制里，宇宙规律本身的更改也是支撑起情节的最主要支点。

在这个意义上，刘慈欣在细节上的写实恰是对于现实世界进行“实验性”的改写，在文学表现上怀有着与再现式的写实文学传统背道而驰的特点。这意味着强调出科幻小说作为“观念”或“点子”小说的特质，在这方面，刘慈欣比当代其他科幻作家或许更有自觉意识。我不想把这种艺术特征简单的归纳到“幻想”（fantasy）的范畴——“幻想”与现实之间的关联有着更加幽秘的路径，如博尔赫斯的“交叉小径”，但刘慈欣并非博尔赫斯式的作家。他对“世界”的把握，是“正面强攻”“毫不讨巧”的，也是理性的。可以说他在科幻天地里，是一个新世界的创造者——以对科学规律的推测和更改为情节推动力，用不遗余力的细节描述，重构出完整的世界图像。正是在这个意义上，刘慈欣的作品具有创世史诗色彩，他凭借科学构想来书写人类和宇宙的未来，还原了现代小说作为“世界体系”（the world-system）的总体性和完整感。

在此认识基础上，值得再探讨“硬科幻”的问题，即科幻想象需要建立在合理、坚实的科学话语基础之上。中国科幻界近年来开始流行“硬科幻”的说法，且不论是否真的有许多作家可以称得上“硬科幻”，在中国文学的语境中，这种吁求旨在打破此前科幻创作的意识形态色彩。如果回顾历史，我们不难发现，从晚清“科幻奇谭”到新时期的科幻小说，虽然让读者见识到从“贾宝玉坐潜水艇”到“小灵通漫游未来”的种种科技奇观，但这些描述往往将科学技术做对象化的处理，将其束缚在历史或现实决定论的寓言框架之中。有论者提出，过去的科幻有着“人定胜天”的乐观精神，宇宙的凶险在共产主义面前黯然失色，面对宇宙的未知已毫无悬念。

但刘慈欣借以构筑世界的那些科学理论，在科学界也都属于“先锋”理念：从相对论到弯曲空间，从超新星到暗物质，从量子论到超弦理论，都在打破思维的决定论模式，设置出超越常识的可能性，推导出更加充满悬念、引入更多面对未知的精细推理。也就是说，“硬科幻”并不是定义性的科普解说，而是恰好相反，它打开了文本中更加丰富的可能性和差异性。“硬科幻”的奇观不是点缀性的，而是情节本身的逻辑依据，它与现代科学有着一致的精神，即在一定已知条件的基础上，探索未知的规律与世界的多重走向。在这个意义上，与克拉克相似，刘慈欣式的“硬科幻”最基本的情节模式其实也只有一个，即人与未知在理性意义上的相遇，而且他要将这个假想中相遇的过程精心记录下来。

在一个更曲折的意义上，刘慈欣的科幻世界延续着 80 年代以来的文化精神，这既是要回到主体源头的精神，同时也是面对世界保持开放性的想象。刘慈欣把“世界”作为可能性展示出来，面对崇高不止步于心存敬畏，而是要揭开世界与主体之间关系中的所有隐秘细节。相对于被他统称为“主流文学”的个人化或内向化、碎片化的当代文学——也就是面对“世界”而无法再把握其完整感，从而丧失了与之搏斗的主体精神的文学，刘慈欣本人这样赞美科幻的力量："主流文学描写上帝已经创造的世界，科幻文学则像上帝一样创造世界再描写它。"

弹星者与面壁者

我用"弹星者"和"面壁者"这两个形象来概括刘慈欣科幻世界中的两重意义：富有人文主义气息的理想精神，与应对现实情景的理性姿态。这两个瑰丽的文学形象也是他所创造的世界中最基本的"人物"或概念，其中纠结着科学与人文、宇宙与现实、外部与主体之间错综复杂的关系。

"弹星者"的形象出现在一篇题为《欢乐颂》的短篇小说中，刘慈欣描写宇宙间的高级智慧生物来到太阳系，以我们的恒星为乐器，弹奏音乐，最后应人类的要求，奏响贝多芬的《欢乐颂》，乐曲以光速向宇宙传播。这个作品是刘慈欣创作的"大艺术"科幻系列的一篇。同一系列的另一篇小说《诗云》中，有着超级技术能力、视人类为虫子的外星人，在毁灭地球文明之际，意外地迷恋上中国人的旧体诗，于是化身为"李白"，穷尽太阳系的能量来创作、储存由所有汉字排列组合而成的一切"诗歌"（尽管这些诗歌99%以上都是无意义的汉字矩阵）。最终太阳系的能量被耗尽了，作为一切诗歌存储容器的"诗云"，处于已经消失的太阳系所在位置，变成一个崭新的星系。

这两篇小说中的宇宙形象，在展现超人类的巨大尺度的同时，也包含着浓郁的人文色彩。外星人“李白”是坚定的技术主义者，自信以穷尽一切的技术能力可以“写”出古往今来以及未来所有的一切诗篇。但只有地球上的诗人、他的俘虏伊依，才能够判断什么是“诗”。外星人的技术主义最终成功，他制造出直径一百亿公里、包含着全部可能的诗词的星云，同时他却也失败了,因为他无法从这些“可能性”中得到真正的诗。

无论“欢乐颂”还是“诗云”，都体现出刘慈欣科幻世界中最高端的艺术形象,它兼有着人类不可企及的宇宙的崇高感,与凭借艺术方式本身传达出来的人文主义信念。这一形象在科学和人文两方面，都是超越现实的想象力产物，它既令我们对头顶的星空产生无限敬畏，也对我们自身——人类文明保持理想主义的信念。我以“弹星者”来命名这一形象，也兼指其背后的想象主体。刘慈欣在《三体》系列中还描绘过另一种“弹星者”，那是通过弹拨自己的星球寻觅其他生物，贸然进入宇宙间残酷的生存斗争的“低等”智慧生物,如人类中的叶文洁、罗辑。但在我看来，进入我们星系弹拨太阳的“弹星者”，与不明宇宙真相的卑微、无知的人类“弹星者”，其实具有相似的秉性，他们或者是已经超越了隐藏欺骗的本能，或者还未失却人性的天真。他们的行为有着令人迷醉的光彩，因为几乎完全超越我们生活中的现实世界。他们所在的精神层面，是纯粹凭借物理规律和人文信念建构的理念世界或意境，其中没有那种视生存为一切要义的现实主义或犬儒主义的精神。“弹星者”的宇宙是光明的，弹拨太阳发出的声波中蕴藏着理想主义和浪漫主义的交响。“弹星者”，也是作为科幻作家的刘慈欣，呈现给读者令其陶醉的自我（创造者）形象。

但刘慈欣的科幻世界，还有另外一端迥异于“弹星者”的形象，几乎在一切方面都是浪漫主义和理想主义的反面：最有代表性的，就是他在《三体Ⅱ：黑暗森林》中塑造的“面壁者”。“黑暗森林”是刘慈欣对零道德宇宙的命名，即有限度的宇宙空间中，所有的生命存在，都处在你死我活的关系之中，因此为了生存，需要“藏好自己，做好清理”，即不可以暴露自己的存在，同时要毫不留情地打击已经暴露的其他文明。《三体Ⅱ》描写人类已经暴露自己的文明，即将面临黑暗森林打击，联合国设计出战略性的面壁计划：“面壁计划的核心，就是选定一批战略计划的制订者和领导者，他们完全依靠自己的思维制订战略计划，不与外界进行任何形式的交流，计划的真实战略思想、完成的步骤和最后目的都只藏在他们的大脑中……面壁者对外界所表现出来的思想和行为，应该是完全的假象，是经过精心策划的伪装、误导和欺骗，面壁者所要误导和欺骗的是包括敌方和己方在内的整个世界，最终建立起一个扑朔迷离的巨大的假象迷宫。”

零道德的宇宙，看似与“弹星者”的光明世界完全不同，如同宇宙突然转为负片，一切皆转为狰狞残酷。其实两者应该有并行不悖的关系，从《欢乐颂》到《黑暗森林》，刘慈欣一直呈现出来的宇宙形象，本就是天地不仁的所在——弹星者来弹奏你的恒星，与你有何相干？但前者描写宇宙与人类是相互认知的对象，为人类保留有尊严的主体空间；后者却让宇宙整个地倾覆在我们的世界之上，危机产生，即在于主体地位的丧失，有道德的存在被卷入零道德的生存竞争之中，不得不屈服于来自外部的游戏规则。

在这个意义上，“面壁者”在宇宙中所处的位置是被动的，他所面对的世界对于主体有着无法抵抗的摧毁性。“面壁者”的生存，取决于降低道德自主性的犬儒思维，用欺骗和伪装加入到宇宙的博弈之中。事实上，与“弹星者”高蹈的浪漫理想主义形象相比，“面壁者”具有鲜明的现实感。不仅在于“面壁者”在形势制约之下须采取现实主义的态度，而且这一形势本身与近代以来延至今日的政治现实有着直接的相关性。毋庸置疑的是，“黑暗森林”法则令人联想到中国被卷入“千年未有之大变局”后所被迫接受的那种现代知识分子视为天演之道的“社会达尔文主义”，后者对中国道德传统的摧毁，是中国知识界在向现代社会转型过程中丧失主体意识的一个重要原因。同时，处在危机之中的人类，赋予“面壁者”以专制的绝对权力，这也点出了博弈之中的反民主色彩，即在与敌人殊死较量中有能力并敢于挪动棋子的，只有那些熟悉新型世界秩序的“精英”。

如果说“弹星者”将读者带入广袤无边的宇宙之中，但其内在意义仍延续着古典人文信念，“面壁者”却是重新构筑起宇宙想象与现实世界之间的逻辑并行关系。《三体Ⅱ：黑暗森林》中唯一成功的“面壁者”是中国人罗辑，他是一个花花公子式的学术界“混子”，原本既无理想也无斗志，但却在劣势之中出奇制胜。罗辑的成功是一番惊心动魄的故事，比起人类与外星势力之间正面战争的悲壮色调来，却更具有环环相扣的真实感。事实上，小说里并没有写到“战争”，人类在木星轨道建立庞大舰队，以英雄主义的姿态迎战敌军，却毁于三体世界送来的一颗“水滴”。但“面壁者”的博弈却于无声处改变了形势。罗辑悟出“黑暗森林”中的生存法则，或者说从自身的人性弱点出发，以此捕捉到宇宙中一切生命的“人性”弱点——博弈中的无穷无尽的猜疑链，注定了博弈的双方都会最终排除善意的可能。他明白这一点后，将与敌人同归于尽的做法当作博弈的筹码，最终威慑住三体世界。恰恰也正是在这种原本是弱势的情形之下，“面壁者”用非道德的方式——这包括让敌我双方的文明整体灭绝，重构了主体的强大攻势，但也真正地将人类从原本身在“黑暗森林”之外的天真汉，变成为其中的一员。

“弹星者”和“面壁者”是刘慈欣科幻世界的两极，他并没有明显地对其中任何一种做出单一性的选择。这使刘慈欣憧憬宇宙的浩渺无限、展示给我们看壮丽的时空画卷的同时，也保持着低调的务实和理性，不惮于在光明中揭示出黑暗的一面。他的作品中交织着这两种力量的冲突，这在《三体》系列中推动出波澜壮阔的情节发展。

三体世界

刘慈欣写作《三体》系列，用了五年的时间。随着《三体Ⅲ：死神永生》的完成，他创造出一个完整的世界体系，并将一切都写“尽”，抵达了时空尽头。《三体》系列是中国新科幻的巅峰之作，也是中国文学中罕见的史诗性作品。小说长达88万字，以众多的人物和繁复的情节，描绘出宇宙间的战争与和平，以及人类自身对于道德的选择困境。刘慈欣在其中精心建构的“世界体系”充满惊人的想象力，严谨的科学推理令人叹服，而小说情节发展中高潮迭起，令人手不释卷，而又发人深省。

如上文中已经引述的段落中所描述的那种不同维度的世界，无论是“方寸之间，深不可测”的四维空间，还是整个太阳系被二维化过程时壮丽而惨烈的景象，都使《三体》系列作品将中国科幻的想象力扩大到了前所未有的强度。刘慈欣对所有这些看似无法言传的景观，毫无保留地以全景细密的“写实”方式加以刻画，他的文字精准而结实，使幻想变得栩栩如生。面对这些壮丽的宇宙景观和精妙的物理设想，我想说的是，我在读完《三体》之后，有如刘慈欣本人读克拉克小说后那样，只想出门去看星空，那种感觉就像离开池塘见到了大海。

另一方面，科幻奇观的惊异效果取决于陌生化（estrangement），但前提仍是它所描绘的世界似曾相识。或者说，优秀的科幻作品在呈现惊人的“差异”（difference）同时，魅力仍部分地来自与现实之间的相关性。刘慈欣的科幻小说能在科幻土壤贫弱的中国迅速获得众多读者，除了辉煌的科学想象之外，也在于他创造的世界有着读者可以认同的鲜活的历史感和现实感。刘慈欣的科幻世界与现实之间的连接点，在很大程度上是“中国经验”。

《三体》第一部中有一段精彩的情节：地球上的三体组织为了让人类理解三体文明面临灭绝的危难处境，设计出一套网络游戏，借用地球历史中的人物和事件，重构三体文明的样貌。在这套游戏中，我们一上来就遇到周文王，他正走在去朝歌的路上，自信已经获得三体恒星运行的规律，乱纪元快要结束，恒纪元马上就要来了。这个在小说中具有功能意义的隐喻性情节，在指向“差异”的同时，却是使用了我们熟悉的历史材料。

“差异”点在于，三体世界有三颗恒星，运行没有规律，随时会使这个星系中的文明遭遇灭顶之灾。但此处表达“差异”的喻体，却是借用读者熟悉的中国商周历史，由此与现实世界之间发生另一种更直接的关系：“乱纪元”的意象借自史书记载的生灵涂炭的纣王时代，对“恒纪元”的预测脱胎于周文王倾心向往的太平世。在接下来另一层游戏之中，秦始皇时代制造出世界上第一台计算机，游戏的隐喻指向三体文明对恒星运行规则的大规模科学运算。但秦始皇的集权政治，是这台计算机能够运行的前提条件，因为计算机的运算部件是三千万听话的秦国士兵。

游戏的这两个层级不能代表刘慈欣全部的构想，这里举这两个例子，是为了说明《三体》叙述语法的一个独特而复杂的方面。情节层面对“三体世界”的隐喻表达，以历史（或现实）为材料，而在这之后，这些材料引向更为直接的现实感：三体是一个危机重重、灾难不断的世界，为了度过危机，求得生存，三体文明走向高效的集权社会。最终当我们读到对那个孤独的 1379 号监听者在高度集权社会中感到生不如死的描写时，已经很难分清三体世界与现实之间究竟谁是喻体。这个在整个小说中唯一得到正面描写的三体人，与对自己的社会和物种感到绝望、最先发出信号将三体文明引向地球的叶文洁，互为映像。他对于地球美好世界的憧憬和爱护，与叶文洁对三体文明的盲目信仰如出一辙，都建立在对自身所处社会的不满之上。他们所处的世界也互相映现，“三体世界”真的与我们的世界有那么不同吗？

除此之外，在《三体》的情节中有许多一望可知的现实因素：“文革”、最高领袖指示、军队现代化、大国之间的角力。但更为关键的一点，仍是关于社会制度的解决方案：处在黑暗森林中的人类集体，需要的是民主，还是集权？《三体Ⅱ：黑暗森林》中令人难忘的人物之一是军官章北海，他始终把自己的真实想法深藏不露，为的是在必败的太空战役中为人类保留最后的战斗力量。他的计谋使五艘星舰幸免于难，形成脱离地球的星舰文明。新文明诞生之际，章北海思考的是体制问题。大多数人认为应该保留军队体制，章北海反对，认为专制社会是行不通的。但当有人提出，星舰文明可以建成真正的民主社会时，章北海又摇摇头：“人类社会在三体危机的历史中已经证明，在这样的灾难面前，尤其是当我们的世界需要牺牲部分来保存整体的时候，你们所设想的那种人文社会是十分脆弱的。”章北海的忧思在小说后来的情节进展中不断再现，例如《三体Ⅲ：死神永生》中写建立了威慑体系的罗辑，拥有绝对权力，引发人民的不满，他在人们心目中的形象从救世主变成暴君。关于这一情形，小说里有这样一段精辟的议论：

> 人们发现威慑纪元是一个很奇怪的时代，一方面，人类社会达到空前的文明程度，民主和人权得到前所未有的尊重；另一方面，整个社会却笼罩在一个独裁者的阴影下。有学者认为，科学技术一度是消灭极权的力量之一，但当威胁文明生存的危机出现时，科技却可能成为催生新极权的土壤。在传统的极权中，独裁者只能通过其他人来实现统治，这就面临着低效率和无数的不确定因素，所以，在人类历史上，百分之百的独裁体制从来没有出现过。但技术却为这种超级独裁的实现提供了可能，面壁者和持剑者都是令人忧虑的例子。超级技术和超级危机结合，有可能使人类社会退回黑暗时代。

《三体》比刘慈欣的其他作品更具有深切的社会意识，小说中逐渐浮现出来的“宇宙社会学”，纠结在制度建构与人性道德的冲突之上，实际上也更为直接地将“中国经验”此时此刻的难题投放在整个宇宙的尺度之上。可以说刘慈欣构思的“三体世界”尽管有上亿光年的时空，其实却并不遥远。这部小说，起点是“文革”，终点是我们这个宇宙的终结，在这两点之间竟有着不可思议的逻辑关联。正是以这一现实情景为基点构想出的《三体》的宏大世界，明确地建立在道德追问之上：“如果存在外星文明，那么宇宙中有共同的道德准则吗？”更具体地说,《三体》中描绘了两个层面的道德:零道德的宇宙本身——更高智慧如“歌者”向太阳系抛出二向箔,使太阳系整个二维化,人类文明从此灭亡,我毁灭你,又与你何干?但刘慈欣着力去写的还有:“有道德的人类文明如何在这样一个宇宙中生存?”这两种假想条件放在宇宙背景中,看似是空想,却深深地扎根在人被卷入历史困境时的切身境况之中。

《三体》中多次写到生死攸关的抉择时刻,关系到文明的兴亡,人性的存灭。这些时刻映现出与作者和我们都面对的现实历史息息相关的道德困境。《三体》第一部写“文革”中人与人之间的猜疑、迫害,使女科学家叶文洁对人类的道德感到绝望,她最先引来了四光年外三体文明的入侵,也发展出“黑暗森林”的宇宙道德模式,即所有文明之间的关系,是你死我活的战争。《三体Ⅱ:黑暗森林》写人类不得不屈服于这一模式,“面壁者”在此登场,将人类带入“黑暗森林”的游戏规则之中。其中还有另一段情节写逃逸到太空中的人类飞船,在给养不足的情况下,指挥官必须决定是否先发制人,将同路人消灭,以使自己幸存下去。这样的道德选择在后来的故事中有了结果:幸存者知道,进入“黑暗森林”的人已不再是人了。《三体Ⅲ:死神永生》的女主人公程心与叶文洁不同,始终保持着对生命最大的善意,她在三体文明入侵的那一刻,成为威慑三体文明的防御系统的“执剑人”,手握两个文明的生死大权,却最终因为内心的善良而失去行动力。但她充满不忍的放弃，并不能给人类带来善果，三体文明在瞬间已经开始打击地球。人类被迫迁移到澳洲，所有物质供给被截断，人类开始弱肉强食，自相残杀，程心在这个时刻失明，她不忍再看这个世界。

由此，刘慈欣的情节构思纠结在两个向度的道德上：一切为了生存的零道德，与有善恶之分的道德。他铺展的宏伟叙述，最终展现的情节走向，是有道德的人类（或任何生命）无法在零道德的宇宙生存下去。《三体》跌宕起伏的故事线索，是人类一次次凭借理想和理性为保存自身做出努力，最终“歌者”来临，黑暗森林打击到来。但刘慈欣让程心一直活了下去，她成为三体和地球文明的最后幸存者之一。这个存亡攸关的宇宙史诗之中，整个物种和世界的灭亡，与一个人的保存构成了平衡。

可以说刘慈欣的小说中兼有着古典的浪漫人文理想，与冷酷无情的博弈理性。在当代语境中，后者或许比前者更具有现实感。“黑暗森林”是宇宙尺度上的博弈论，它更直接地令人联想到“文革”以来人文理想越来越难以为继的社会情境。《三体Ⅲ》透露出的宇宙历史，是不断降低维度的过程，即从维度丰富的和平的“田园时代”，在宇宙战争中不断向十维、九维、八维次第减落。当太阳系与宇宙其他部分被降至二维后，那些强大的文明仍将继续将其降低到一维乃至零维。高维向低维的跌落，并非自然的宇宙过程，而是人为的结果，因为遵从“黑暗森林”原则的文明为了生存不惜以降低维度的方式打击其他文明。博弈的终局不是你死我活，而是鱼死网破。《三体》中有力量的人物都是现实主义者——叶文洁、罗辑、章北海、维德，他们在不同程度上将人类更深地带入到“黑暗森林”之中，在生死攸关的时刻，他们会选择博弈，哪怕最终结果是同归于尽。

从刘慈欣把宇宙的初始状态命名为“田园时代”来说，不难看出他的“怀旧心理”。就在《三体》情节之中，同时展开的另一场“博弈”是理性与情感之间的较量。但面对压倒一切的生存问题，刘慈欣笔下的人物也许很难有怀旧的空间。服从“黑暗森林”的游戏规则，才能获得生存的权利。但刘慈欣仍留给我们另一个未曾叙说的想象空间：进入“黑暗森林”以前的世界，那个曾经存在的高维田园时代，是什么样的呢？也就是说，刘慈欣最终在“黑暗森林”和“死神永生”的宇宙（也就是零道德的宇宙）之外，暗示出降维之前的宇宙图景是和平的景象。

这一描写，近于让人想到鲁迅给《药》的结尾增添“曲笔”，为了给人留有希望；但另一方面，这个暗示非常重要，它扭转了整个《三体》故事中一直在推动情节发展的“零道德”理论，也照亮了人类在认知宇宙零道德本质过程中的那些犹疑和不忍：叶文洁对人性恶的认知背后，本有着最富同情心的善良；罗辑成长为坚毅的“面壁者”，为的是以牺牲自己的方式来换得和平；章北海超越个人良知，不择手段地实行自己密谋已久的计划，但他在对其他星舰发起打击之前，心中最后的柔软使他有了几秒钟的迟疑，而最终丧生于太空；程心的天真与维德的凶残形成鲜明对照，但她与维德实际上能互相谅解；甚至灭绝太阳系的“歌者”，当得知整个宇宙都将要二维化的时候，也感到莫大的悲哀。

《三体》里没有绝对意义上的光明世界中的“弹星者”，所有的生灵都忙着应对变局，参与博弈，被形势拖着走，无限延伸的猜疑链使他们认一切存在为“恶”。所有人都是被动的“面壁者”，即便那看似威力无比的恒星灭绝者。但刘慈欣在希望之后写出绝望，又在绝望中透出希望：那田园时代的高维宇宙是否存在呢？这希望也许还是虚妄，因为小说中的人物不知道“大宇宙”是否能重新进入高维时代，甚至即便当高维宇宙再度出现之后，恐怕又会出现“黑暗森林”的局面，它将不可避免地再度被降维。

但以上我的假想并非小说情节的终点，“三体世界”故事的真正终结，收于对“写作”本身意义的显现。刘慈欣写到地球、太阳系、人类的终结，以至我们这个宇宙将要终结的时刻。当一切都终结以后，“未来”是完成时的，刘慈欣把他所有的叙述命名为“往事”。《三体》第一部出版时，封面印有“地球往事三部曲之一”的字样。《三体Ⅲ：死神永生》在开头有一段简短的叙述者自白，把后面的记述称为“时间之外的往事”，并说：“这些文字本来应该叫历史的，可笔者能依靠的，只有各自的记忆了，写出来缺乏历史的严谨。其实叫往事也不准确，因为那一切不是发生在过去，不是发生在现在，也不是发生在未来。”

将未来命名为往事，将记忆从历史中分离出来，将写作放在时间之外；在此意义上的《三体》，回归科幻写作的意义。它打开通向“未知”的路径，其意义不仅在于对“现实”和“历史”的记录、解释和构建，而更多的在于启示：仍有未曾发生的、时间之外的可能性。如《三体Ⅲ：死神永生》中那个“无故事王国的故事”，当一切都不可能的时候，仍“有可能”讲述故事，讲故事的人内心中有关切，所以无论他的故事多么凶险叵测，其实却有着焦灼的愿望，将“现实”的秘密告诉你的同时，仍要向你证明，他的“讲述”不只是为了追忆逝水年华，也是为了相信尚未发生的可能。“讲述”或“写作”，如《诗云》里耗尽太阳系的能量，存留下文字的世界，是在历史的喧嚣和现实的嘈杂之外，建立想象的空间。这想象的种子来自心灵，可能如茫茫宇宙中的漂流瓶那样渺小而虚弱，但它以自己的存在赋予世界以意义。

在《三体》的最后，当轰轰烈烈的太空史诗走到尽头，大宇宙正在死灭之时，刘慈欣描述已经空寂的世界中一个宁静的场景：

> 小宇宙中只剩下漂流瓶和生态球。漂流瓶隐没于黑暗里，在一千米见方的宇宙中，只有生态球里的小太阳发出一点光芒。在这个小小的生命世界中，几个清澈的水球在零重力环境中静静地飘浮着，有一条小鱼从一个水球中蹦出，跃入另一个水球，轻盈地穿游于绿藻之间。在一小块陆地上的草丛中，有一滴露珠从一个草叶上脱离，旋转着飘起，向太空中折射出一缕晶莹的阳光。

（原载《上海文化》2011 年第 3 期）

爱之忠诚，爱之慷慨，爱之仁慈

——试析《三体》三位女性形象的伦理意义

方晓枫

科幻小说《三体》已然呈现了卓越的文学“虚构性”（fictionality）、“创造性”（invention）和“想象性”（imagination），但不少读者对叶文洁、庄颜特别是程心的解读，又多为皮相之论；故本文尝试运用伦理学的视角，结合作品叙事及形象塑造，来分析探究包孕在这三位女性形象之中的忠诚、慷慨、仁慈等浓郁的人道主义情怀和深刻的社会伦理意蕴。由此我们会发现，她们身上所散发出来的这些大爱之光，辉映出《三体》中的一系列具有根本意义的终极问题。小说最出色之处，就在于这三位女性形象，她们身上凝聚着作家关于人性善恶的思考、关于宇宙的终极思考。《三体》博大的人文情怀，皆源于此。

叶文洁：出于“忠诚”的背叛

叶文洁是《三体》第一部的主人公，是小说的灵魂人物。然而当她出现在我们眼前的时候，则伴随着阵阵悲凉凄惨的气息：叶文洁的父亲在“文革”中惨遭迫害而死，高级知识分子的家庭出身，成了她在那个疯狂年代里甩不掉的沉重包袱，加之“上山下乡”运动中遭遇到的出卖与欺骗，凡此种种，使她长时间心如死灰。哪怕后来她以天体物理学家的身份，调入红岸基地从事宇宙科学探索，心灵深处的严重伤痛以及对世事的深刻怀疑，仍像灰霾一样挥之难去。带着借助外部力量来彻底铲除人类“丑恶”的希冀，在一个偶然的机缘下，叶文洁以太阳作为放大天线，向宇宙发射了电磁波，这是地球文明向浩瀚太空发出的第一声呼唤。距离地球四光年外的“三体文明”，接收到了叶文洁发来的信息。让叶文洁始料不及的是，地球人类毁灭性的灾难似乎由此而生：“三体文明”在三颗无规则运行的“太阳”的制导下，历经了百余次的毁灭与重生，处于困境中的它们一直希望得到一个适于生存的稳定世界；接收到叶文洁从地球发来的信息，它们喜不自禁，决定入侵并占领地球，在运用高超的技术封锁了地球的基础科学之后，它们派出了庞大的宇宙舰队向地球进发，人类的末日悄然降临……

不少读者认为，“文革”的惨痛记忆让叶文洁感染了反人类情绪，进而报复整个人类，她向宇宙发射电磁波致使人类极有可能遭遇灭顶之灾，其行为呈现出来的，确实有点像现代版的红颜祸水。若只看《三体》的情节演进，似乎可以这么推断。然而，当你沉潜到人物的内心，深细考量她的所感所思，所痛所求，你将会发现，事情并非那么简单，其结论恰恰相反：叶文洁此举，是出于对地球人类的忠诚，她诚心希望地球来一次凤凰涅槃而使人类新生！

《三体》出色地描绘了叶文洁心灵如此演化的三级跳。第一级，失望。阅读《寂静的春天》时，她想："人类的非理性和疯狂仍然每天都历历在目"，她看到"……山下的森林，每天都在被她昔日的战友疯狂砍伐……当火烧起来时，基地里那些鸟儿凄惨的叫声不绝于耳，它们的羽毛都被烧焦了"。她曾是一个理想主义者，但发现无法将自己的才华付诸一个伟大目标的时候，追求则成为无意义的盲动，所以"她的心灵反而无家可归了"。第二级，绝望。"文革"结束后，举目四望，竟然无人担责，连当年为自保而出卖父亲的母亲，以自己"也是受害者"为由而回避忏悔,当年迫害父亲的"红卫兵"们更以"历史"为借口而拒绝忏悔。打着历史虚无主义的印痕而又不愿反思和忏悔的人类还有救吗？叶文洁由此陷入了绝望。关于这一点，让我们看看《寂静的春天》对她产生震颤的那一刻："……使用杀虫剂，在文洁看来只是一项正当和正常的，至少是中性的行为；而这本书让她看到，从整个大自然的视角看，这个行为与'文化大革命'是没有区别的……人类真正的道德自觉是不可能的,就像他们不可能拔着自己的头发离开大地。"第三级，用行动超越绝望。"只有借助人类以外的力量"才能战胜绝望，这一价值发现，促使她按下了电磁波发射按钮。于是偶然也就成为必然："……将宇宙间更高等的文明引入人类世界，终于成为叶文洁坚定不移的理想。"简言之，作为天体物理学家的叶文洁，引来三体文明之祸，只是希望用人类之外的力量来规引人类的道德自觉而已，舍此无他。

长期以来，我们被教导为做一个动机与效果的统一论者，这固然理想，但人生不如意者十之八九，我们毕竟不能因效果的不尽如人意而否认动机的纯正与善良。从效果来看，叶文洁似乎做出了史无前例的超级"背叛"，但此"背叛"与建立在仇恨基础上的彼背叛截然不同，它是出于对整个人类大爱的忠诚，是真实之上的忠诚。有无真实，在安德烈·孔特－斯蓬维尔看来，"这是忠诚与信仰，更是与盲从的区别所在"。所以我认为，叶文洁从理想主义逐渐嬗变为一个追求现实目标的人，是她的天赋权利。她行使这一权利，缘于她对人类生存窘境的深切观照。度尽劫波的叶文洁，虽也经受情感一波又一波地冲击，但她从未放弃豁达思考的理性。她的举动显然是她对人类前途理性思索的结果，虽然事与愿违，但符合爱的逻辑。

还有，叶文洁名义上是"ETO"组织的统帅，其实只不过是颇具宗教色彩的"拯救派"的精神领袖。在政府机构瓦解了"ETO"组织并获得"降临派"所垄断的三体文明信息之后，叶文洁便成了"罪人"。面对审讯，她为自己辩护说："如果他们能够跨越星际来到我们的世界，说明他们的科学已经发展到相当的高度，一个科学如此昌明的社会，必然拥有更高的文明和道德水准。”不管她的判断是否准确，叶文洁的举止出于对人类命运的忠诚，这是毋庸置疑的。还有一个反证：她的搭档、“降临派”另一领袖伊文斯，怀着对人类的痛恨，处心积虑地干着毁灭人类文明的勾当，叶文洁不参与并对他保持高度的警惕，这正印证了斯宾诺莎所言，“一个努力用爱去制服恨的人是很愉快地、很有信心地向前奋斗”。

当一切将要结束之际，《三体》描绘了叶文洁重返红岸基地的场景：“叶文洁的心脏艰难地跳动着，像一根即将断裂的琴弦，黑雾开始在她的眼前漫涌，她用尽生命的最后能量坚持着，在一切都没入永恒的黑暗之前，她想再看一次红岸基地的落日。”在做出人类迈向宇宙最重要决定的时候，在得知深邃宇宙中没有神话的时候，历尽苦难的她，于生命尽头喃喃自语：“这是人类的落日……”不，这不是叶文洁在承认所谓的“罪恶”，而是预告光明的来临：“……太阳的血在云海和天空中弥漫开来，映现出一大片壮丽的血红。”

庄颜：牺牲的慷慨，是最伟大的付出

《黑暗森林》承接《三体》故事，一方面，“三体文明”

侵占地球的危机日益迫近；另一方面，地球文明的生机也由此萌生：利用“三体生物”思维透明的致命缺陷，联合国从全球挑选出四位神秘莫测的“面壁者”，实施“面壁计划”，以此展开对“三体人”的反击。中国社会学教授罗辑成为拯救世界的“面壁者”之一。这个一度只顾避世享乐的男人，面对这场残酷的文明生死大战，逐渐意识到自己肩上的责任。在不懈努力下，他最终发现了宇宙文明间的“黑暗森林”法则。为了确定这一法则,罗辑向宇宙广播了50光年外某恒星的坐标,并在“冬眠”后得到证实。根据这一法则,他以向宇宙公布“三体世界”的位置坐标，从而使它们永远坠入死亡深渊相威胁，暂时遏止了“三体文明”对太阳系的入侵，使地球与“三体世界”之间建立起了某种战略平衡。

罗辑由此成了拯救地球的英雄，但小说以沉稳的叙述告诉我们，罗辑的“军功章”有一大半，显然是属于陪伴他的女性庄颜的。

原本浑噩的罗辑，怎么也理解不了自己何以成为“面壁计划”的一员。在得到无法想象的权力与资源后，罗辑要求联合国为他寻找一位符合自己梦境理想的女性作为伴侣。如此万难实现的要求，居然被落实了：庄颜，中国女孩，在中央美术学院学国画，刚毕业，边考研边找工作。命运安排庄颜初次来到罗辑面前时，他惊讶到几乎尖叫起来：“两年前，在白天和黑夜的梦中他都听到过这声音，很缥缈，像蓝天上飘过的一缕洁白的轻纱，这阴郁的黄昏中仿佛出现了一道转瞬即逝的阳光。”从这一刻，罗辑浑噩的生活开始有了积极的因子。百合花般美丽而温柔的庄颜进入了罗辑的生活，与他结婚生子，实际上也成了“面壁计划”的一部分。心仪的女性，美好的婚姻，将罗辑推升到了高尚之境，“罗辑看着雪中的庄颜，在这纯洁雪白几乎失去立体感的空间中，世界为她隐去了，她是唯一的存在……罗辑体会到了爱情；而现在，就在这大自然画卷的空白处，他明白了爱的终极奥秘”：他人幸福则自己幸福。正是这一爱的领悟，开启了罗辑的英雄之路。

然而在网络社区里，我发现有为数不少的评论家和读者，对小说的这一温情描写，包括罗辑和庄颜的爱情婚姻，或评价不高，或认为多余。窃以为这是对庄颜的形象意义没有足够理解所致。其实，这个美丽的女性，浑身散发着大爱伦理的慷慨之气。不错，“慷慨是关于捐赠的美德”，庄颜被动地来到北欧某处山边庄园，被动地接受罗辑的爱情，被动地响应组织的安排与罗辑结婚，而且这一系列改变她命运的被动行为，都被她一一心甘情愿地接受了，这不正是慷慨的“捐赠”吗？如此高贵大气的慷慨，来自她的心灵和气质，来自她的无私和责任。因为纵观文本，我看到的庄颜，没有崇高的理想，没有明确的使命，更没有自己掌握自己命运的能力，然而她却成了极度动荡时代中的微妙的平衡。她无私地走进他人的世界，用关怀和爱意，促使罗辑战胜犹豫甚至退却……这需要多么伟大的慷慨和担当啊！当罗辑一次次表达“逃避”言辞时，庄颜屡屡用沉默表明了否定的态度：“罗辑越来越多地从她的眼睛中读出心里的话来……我怎么才能相信这个呢？”最终，罗辑因庄颜从他的身边消失而大彻大悟，在人类生存大义的紧箍咒前揭开了宇宙之谜，以此破解了危局。庄颜用涓涓细流般的“爱”，汇集到罗辑身上，进而拯救了人类。

“慷慨可以不爱，但爱几乎必然是慷慨的，至少对被爱者和在他爱着的时间里是如此。”根据安德烈·孔特-斯蓬维尔的这一理解，我认为，在读者对庄颜身份的众多可能性的猜测中，唯一可以确定的解释是：因为有着慷慨的美德，庄颜与罗辑之间的爱情好比雪山顶峰缭绕的白云，而爱情的根由则类似雪山脚下坚实的基石。“慷慨像所有美德一样是复数的……与正义结合，它变成公平。”庄颜之所以认同政府组织的安排，用来满足罗辑的幻想，和他结婚成家，是出于她拯救人类世界的正义感，至少是对“面壁者”罗辑的深切怜悯。“与怜悯结合，它成为善心。”当罗辑说“‘面壁者’是有史以来最不可信的人，是最大的骗子”时，他是痛苦的。冰雪聪明的庄颜，难道看不出罗辑内心的沉郁与悲观吗？所以，即便爱情在庄颜心中只是怜悯的化身，那她自身的善意也足以令混沌痛苦的罗辑，找到了清醒的方向。小说最后为庄颜母女安排了一个安宁平静的生活结局，应该就是对庄颜慷慨之爱的公平回馈。

程心：相对于不择手段，我们更需要圣母般的仁慈

《死神永生》的主人公是程心。程心，中国航天发动机专业博士。地球遭遇危机时，她进入行星防御理事会战略情报局（PIA），并提出“阶梯计划”。该计划后来被认为失败，程心随之冬眠。苏醒后，她接班罗辑成为第二任“执剑人”，掌握引力波发射控制器。程心刚拿到控制器，“三体文明”就撕破了伪装，向地球发动攻击。程心出于“母性”未启动引力波去摧毁“三体生物”，导致人类被迫集体迁居澳大利亚。但远航太空的宇宙战舰“蓝色空间”号与“万有引力”号经过一系列波折后，启动了引力波广播，向宇宙公布了“三体文明”赖以存身的星系坐标，宇宙中另一个更具智慧的文明接到广播后摧毁了“三体”世界。“三体”毁灭后，之前误以为失败的“阶梯计划”其实是成功了。然而程心由此却获得了人类大限将至的相关情报；人类自以为悟出了生存之道，却将开发光速飞船的正确道路给堵死了，堵死此路的人恰好又是程心本人。光速飞船的坚定支持者维德死后，继任者在三十五年后才得以继续研究，最终只留下了一艘“星环”号光速飞船。然而宇宙中更

强大的文明，利用三维变成二维的打击手段，毁灭了整个太阳系，整个地球人类，只有程心与同伴乘坐“星环”号光速飞船离开……

该发射引力波而没按控制器，该开启光速飞船之路却成了阻碍，程心的这两次选择，是正确的还是错误的，是拯救还是毁灭，成了《死神永生》的最大争议。总结发表在豆瓣、知乎、百度贴吧等大型网络社区的评论，其否定意见，一是认为作者对人物的刻画过于扁平，觉得程心的人物性格单一，其散发出的爱与母性的象征较为单薄，缺少成长与变化；二是认为程心的选择与努力却导致了作品灰暗的结局。相较于程心，广大读者更倾心于小说中的另一位人物——维德，而维德恰恰是程心的反面。但程心最终成为人类留存的点滴火种，而维德却死于审判，这也是颇多指摘作者刻意“黑化”小说人物的证据，甚至刻画人物形象失败的证据。

但是，我们必须清楚地认识到，无论是文学作品中的程心、维德，还是现实社会中的人，他们都不是时代的裁定者，真正决定社会走向的是整个人类社会与人类历史。况且《三体》的结局并非绝望，诚如作者在接受《南方周末》采访时所说：“……你会发现这是一部很乐观的作品。为什么？因为人类的种子都扩展到整个银河系了，它的两艘飞船撒下的种子最后已经建立了四个或是五个世界，每个世界都比太阳系还大。人类扩展到整个银河系，直到宇宙毁灭，如果按照文明的时间尺度来看，这是很乐观的一个结果了。”如果按照作者构思，那么程心就不该承受过多的指责。至于程心的形象是否扁平，作者也有回答："……她其实就是一个很正常的人，她在任何一个关键时刻做出的选择，都是咱们正常人在那个时候要做出来的，可为什么会是这样一个结局？这个人如果放在平常时期，谁也不会觉得她讨厌，都会觉得她是很可爱的一个人，很美的一个女性。为什么放到那种极端环境里面，就觉得她这么让人厌恶呢？”读罢小说，我认同作家的观点，程心以她的仁慈，成就了她的美丽。在程心决定选择做第二任“执剑人”之前，小说描写道：“一个抱着婴儿的年轻母亲走上来，把怀中几个月大的孩子递给她，那个可爱的小宝宝对着她甜甜地笑着。她抱住那个温暖的小肉团，把宝宝湿软的小脸贴到自己的脸上，心立刻融化了，她感觉自己抱着整个世界，这个新世界就如同怀中的婴儿般可爱而脆弱。”程心圣母般的形象在这一刻已然确立，特有的母性气息与爱融为一体，这就是对整个人类美好生活的心灵预期，而被人类社会推举成为“执剑人”的程心，“终于有机会为爱做些事了”。但她毕竟不是像罗辑和维德那样坚定的战士，她的潜意识告诉她，爱可以解决一切，仁慈可以“守护两个世界的平衡，让来自三体的科技使地球越来越强大，让来自地球的文化使三体越来越文明”。可惜，作品设定的宇宙环境并非童话，而是恶劣的“极端环境”。诚如安·兰德所说，“分清人类在危急环境和普通环境下的行为准则是很重要的，这并不意味着双重道德标准：两种情况下的道德标准和基本准则是相同的，但是实际运用中都需要确切的说明”。程心的两次选择皆出于爱与仁慈，用世俗的眼光看，尽管结果并不那么美好，但我们也不能据此指责极端环境中爱与仁慈的出发点。回眸历史长河，人之所以能称之为人，那是因为具有了爱与仁慈的属性。而且爱与仁慈并不在同一维度，爱无法解决一个由于没有爱才出现的难题，“因为我们不懂得爱，更不懂得爱恶人，这正是为什么我们多么需要仁慈！不是因为那里有爱，而是因为没有爱，因为只有仇恨，因为只有愤怒”！所以，程心关键时刻抛下“黑暗森林”威慑按钮，关键时刻放弃光速飞船，其实都是出于仁慈。小说最后是写到太阳系被毁灭了，然而我们换一个思路，与其让人类在倒退中生存，不如让人类带着爱的尊严归零后重生，于是我们就没有理由认为小说在书写悲剧，同理，程心也不是可以被否定的悲剧人物。

结　语

刘慈欣与《三体》的成功，既在于想象的深邃与书写的精彩，更在于作品中人物形象的鲜活和典型。叶文洁、庄颜、程心，还有汪淼、罗辑、云天明、章北海、维德……他们共同在一片奇思妙想之境，生动演绎了人性的善恶美丑。由此我们欣喜地看到，从儒勒·凡尔纳的《海底两万里》，到刘慈欣的《三体》，优秀的科幻文学在冲出幻想的云层后，总能展现出博大的人文情怀与渺远的生存哲思。他们笔下的人物形象承载着复杂的伦理、价值和情感问题，但作家肯认并热情赞美大爱的品质，表达人类纯正的伦理道德，这对于精神人格的健旺养成，对于整个人类的永续发展，显然是很有意义的。

（原载《文学教育》2016 年第 6 期）

文明冲突与文化自觉

——《三体》的科幻与现实

陈 颀

引言：科幻与现实

作为一种想象现代社会的未来图景的文学形式，科幻小说与现实社会的关系历来是科幻研究的焦点问题之一。可能是20世纪最具影响力的科幻小说家艾萨克·阿西莫夫曾指出，科幻小说的悲观主义和乐观主义与作家所处的社会状况有着紧密联系，因此科幻想象力的上限必然受制于作者所经历与了解的社会生活。

在2012年的一个访谈中，当被问及如何看待“科幻与现实”的关系时，当代中国最著名的科幻作家刘慈欣回答道：

> 我……对用科幻来隐喻反映现实也不感兴趣。我并不想把科幻作为批判现实的工具……我比较倾向于……把现实作为一个想象力的平台，从这个平台出发。

在2014年新年自述中，他继续谈道：

> 中国作家缺的是想象力和更广的知识。我们的文学是根深蒂固的现实主义传统，我们的文学理念也是基于现实主义的，认为文学就是反映现实，反映人和人之间的关系。

从上面两个表述看，刘慈欣坚持“为科幻而科幻”的“硬科幻”写作理念，反对把科幻作为批判或反映现实的工具。然而，奇怪的是，就在同一个访谈中，他却明确表达了对托尔斯泰式的文学“现实感”的欣赏，并认同科幻文学是一个国家社会状况（包括经济、政治状况）的敏感指针的说法。表面上看，这两种说法似乎自相矛盾，不过，如果阅读刘慈欣的更多作品和访谈，可以发现上述两个看法其实一以贯之，因为反对科幻文学成为“批判现实主义”工具，与从“现实感”出发用科学理论和知识想象人类未来并不矛盾。由此出发，有必要进一步讨论刘慈欣对科幻与现实之间关系的论述。

首先，科幻小说与现实主义观察“现实”的视角不同。在科幻中，人类整体和一个世界常常作为主要文学形象出场。“人物形象”并不必然是科幻的核心要素，而当代文学常常被表述成一种“人学”。以“人与人之间关系”为中心的“批判现实主义”关注的“现实”，并不等同于科学视角关注的工业化、现代化的社会变迁观以及人与自然、人与宇宙之间关系的

“现实”。传统文学对科技发展带来的现实变化可能并不敏感，而科幻文学则恰恰相反：当下已经进入未来。每一年、每一天、每一刻都有科学技术缔造的奇迹正在被创造出来，身处其中的普通中国人不可能对身边发生的这些奇迹一无所感，这是工业化和科技发展的“时代精神”。刘慈欣曾说，从北京到太原的高铁有全国最长的铁路隧道，可没什么人知道，也没什么人关注：人们对（科学）奇迹已经麻木了。与此同时，“抛弃了时代和人民的文学却抱怨自己被前者抛弃”。

其次，科幻的存在不是为了描写现实，而是为了科学幻想。在这个意义上，非要让科幻反映现实，就等于让飞机降落在公路上，与汽车一起行驶和遵守交通规则。刘慈欣曾说，如果科幻是一种能飞起来的文学，人们为什么偏偏喜欢让它在地上爬行呢？在中篇小说《乡村教师》中，刘慈欣用神奇的科学幻想将沉重的现实与空灵的宇宙联系起来。在一个类似《平凡的世界》般写实的贫穷落后的小山村里，李老师用尽最后一口气力给学生们讲完牛顿三大定律，就永远闭上了眼睛。这时候，“中国科幻史上最离奇最不可思议的意境”发生了：一场延续了两万年、跨越大半个银河系的战争波及地球，李老师的学生们被选为决定地球命运的“文明测试者”……

最后，正如刘慈欣总结的，从科幻世界看现实，能使我们对现实有更真切、更深刻的认识。想象和思考人类文明在不远的将来甚至更远的未来会变得怎样，是更好还是更坏，是科幻的使命。在这个意义上，从社会科学方法论角度看，关于未来的科幻思想实验与反事实（counterfactual）的历史研究类似，都源于对各种版本的历史决定论的怀疑，也都基于对形形色色的历史进步主义或悲观主义的拒绝：反事实的历史研究从现在思考过去的人思考过和可以探索的可能结果——我们的过去就是我们的未来，而科幻是基于当下思考未来可能性的思想实验——我们的未来决定于我们当下酝酿的各种可能。正如历史上实际发生的事情可能超出当时大多数见多识广之人的预料结果，未来将要发生的事情或许往往超出当代主流精英的合理想象。生活在当下的人们，却容易习惯性地认为当下的文明及其“进程”是唯一的，不会再有别的选择。而科幻却为人们创造种种不同于“当下现实”的文明进程，通过虚拟历史让人们能够跳出“当下现实”的纠结和束缚，体会到许多深藏在现实之下的东西。

总之，关于未来的科幻是当下正在酝酿的诸多历史可能性之一。通过科幻，我们穿越到未来，又穿越回来，对当下的处境有了更深刻的把握。在这个意义上，从文明存亡和人类未来的思想维度出发，我们得以理解刘慈欣所说的“科幻文学是唯一现实的文学”。

本文讨论的《三体》三部曲，是刘慈欣最富想象力的一次科幻思想实验，不仅让众多读者如痴如狂，而且不少人还基于“黑暗森林”状态的“宇宙社会学”提出宇宙文明的各种理论假设，其中包括严肃的学术研究。

毫无疑问，《三体》系列的绝大部分科学和思想概念、人名、地名包含着丰富的隐喻、暗示和象征，每本书的任何一个主要情节和关键人物都可能而且已经存在许多不同的解读，而且每种解读都有一定的道理和依据。从左派到右派，从强国派到自由派，从新古典主义到后现代主义，从科学崇拜到生态主义，从男权主义到女权主义，从影射历史到创造未来，可以说，《三体》文本构成了一个神奇的场域，其中的解读路径包含几乎所有当代中国的主流思潮。形形色色的批评和解读让刘慈欣感慨：“科幻文学和批评似不在同星球。”其实，《三体》的解读困境正如《死神永生》中云天明为人类创作的三个童话面临的解释困境：谁都知道这不仅仅是三个童话，然而云天明通过童话传递的信息到底是什么？或许早已自觉或不自觉地意识到“作者之死”的尴尬境遇，刘慈欣如此描述云天明故事的解读困境：

> 各个政治实体和利益集团的影子开始在解读工作中显现……都在按照自己的政治意愿和利益诉求解读故事，把情报解读变成了宣传自己政治主张的工具。一时间，故事像个筐，什么都能往里装，致使解读工作变了味。不同派

别之间的争论也更加政治化和功利化，令所有人灰心丧气。

在《死神永生》的文本中，刘慈欣提供了云天明故事的成功解读模式：双层隐喻和二维隐喻。双层隐喻是指故事中的隐喻不是直接指向情报信息，而是指向另一个更简单的事物，而这个事物则以较易解读的方式隐喻情报信息。而人们陷入困惑的一个重要原因，就是按单层隐喻的习惯性思维解读故事，认为故事情节直接隐喻情报信息。二维隐喻是用于解决文字语言所产生的信息不确定性的问题。在一个双层隐喻完成后，附加一个单层隐喻，用来固定双层隐喻的含义。含义坐标单独拿出来看是没有意义的，但与双层隐喻结合，就解决了文学语言含义模糊的问题。

按照双层隐喻和二维隐喻的解读方式，解读《三体》首先避免将具体情节和人物解读为历史或现实事件、人物的简单影射。比如，认为《三体》系列是“批评西奴（带路党）的文学隐喻”的说法，可能仅仅抓住前两部的某些关键情节和人物，不能很好地囊括第三部的故事设定和矛盾冲突。又如，认为《三体》的主旨是落后国家与先进国家之间的民族主义竞争的解读，或许低估了大刘的思想野心，忘记了大刘对中国文明和西方文明的双重反思。再如，认为《三体》系列是为“独裁统治和道德丧失”辩护的“科学加社会学的社会达尔文主义”的观点，似乎忘了《三体Ⅱ：黑暗森林》(以下简称《黑暗森林》)中刘慈欣借罗辑之口说“人性的解放必然带来科学和技术的进步”，因此刘慈欣对科学与道德的关系的思考，肯定比简单的对错是非更为复杂。

为了尽可能地避免误读（尽管不可避免），也为了更好理解《三体》的科学幻想与现实社会的关系，本文也采取类似于双层隐喻和二维隐喻的解读方式。首先，《三体》三部曲“双层隐喻”，力求用同一个标准和理论构筑《三体》三部曲的整体结构。其次是，《三体》每一部各自的“双层隐喻”，尊重三部曲的文本自身的叙事方式，力求更为深入地从《三体》的故事背景设定推导和想象特定的叙事结构。第三，以刘慈欣解读刘慈欣的“二维隐喻”，从《三体》的创作札记以及刘慈欣的科幻研究和其他作品的线索和坐标，锚定《三体》基本情节和人物所代表的特定立场和价值观。

让我们从《三体Ⅰ》的“后记”开始。刘慈欣在此交代了创作《三体》系列的初衷：

> 如果存在外星文明，那么宇宙中有共同的道德准则吗？为什么人类至今没有发现其他智慧文明？相对于有道德的人类文明，零道德的宇宙文明完全可能存在，那么有道德的人类文明如何在这样的一个宇宙中生存？

“后记”中所谓零道德的宇宙文明，并不是说三体人为代表的宇宙文明没有一套文明内部的是非标准或价值观，而是说三体文明与当下人类文明在道德观上是异质的，甚至两者存在着生死存亡的残酷斗争。面对三体人的入侵，是坚持现有的道德标准，还是生存第一？这些由科学幻想驱动的人类道德命题构成了《三体》系列的主线。

为了“把最空灵最疯狂的想象写得像新闻报道一般真实”，刘慈欣从《三体》第一部开始详细描写人类得知三体文明的存在后的一系列道德行为。这里的道德行为包括个人和组织的道德选择和道德行动，更是作为整体的人类文明在遭遇异质外星文明后进行的价值选择和政治决断。从文化异同的意义上而言，人类与三体人的道德冲突，其实是一场文明冲突。而笼罩在文明冲突之上的“黑暗森林”理论，用现代学术分析可以视为一种国际政治或国际关系的理论假设。在更广阔和长远的宇宙时空中，人类在《死神永生》中因为坚持现代社会的普世道德，引发未知文明的攻击导致文明和历史终结。在这里，刘慈欣的反思和批评就不仅仅限于特定文明——无论是中国文明还是西方文明，而是着眼于整个现代社会的道德体系在未来可能遭遇的整体性灾难中如何生存和发展的问题。

从上述基本假定和方法论出发，本文认为，在科学幻想的故事设定之下，《三体》系列的核心问题是以道德与生存冲突构成人类与三体人的文明冲突，以及文明冲突引发的文明终结和人类未来问题。由此出发，本文基本结构如下：第一节也就是本节，在科幻与现实的视野中引出本文的核心命题。第二节以《三体Ⅰ》为中心，从汪淼为代表的知识分子的叙事视角出发，讨论地球为何遭遇三体人入侵的“文明冲突”问题。第三节以《黑暗森林》为中心，从罗辑代表的英雄叙事视角出发，讨论绝对科技差距下地球文明对抗三体文明的“文明冲突”的均衡威慑逻辑。第四节以《死神永生》为中心，从程心代表的末人叙事视角出发，讨论末人时代的“普世道德”如何导致地球文明和历史的终结。第五节是结论，总结《三体》系列的“文化自觉”意义。

文明冲突的知识分子叙事

地球人与三体人的文明冲突不可避免，这是《三体》系列基本假定和主要线索。在小说设定中，三体文明的星际迁徙的科学基础是三体问题。距离地球4.2光年的半人马座存在三个恒星，因为万有引力而互相牵引，产生了一种不同于地球的生存情境。在三体运动无规律性的支配下，三体文明在恒纪元（适合生存）与乱纪元（不适合生存）的交替中不断毁灭与重生，既发展了比地球文明更先进的科技，也形成了生存第一的道德准则。

基于三体问题的科学幻想，刘慈欣设定了一个异质于地球文明的三体文明，以及三体与地球之间不可避免的文明冲突。不过上述的设定只是笔者对《三体Ⅰ》相关情节的概括和重构，而非小说叙事本身。在小说技巧中，设定是一回事，叙事则是另一回事。一个能让读者信服的设定，必须通过特定的叙述主体以巧妙的叙事方式加以表述和构建。

《三体Ⅰ》的叙述视角基本来源于科学家汪淼，其他人的叙述以及有关三体人的信息也是通过汪淼的视角的转述。汪淼的主视角尽管是以时间发展为顺序的线性叙述，然而汪淼的转述,《三体Ⅰ》的叙述既有叶文洁和其他人物视角在不同时空中的叙述，构成单线顺叙、多线（平行）顺叙与过去式插叙的复线叙述。另一方面，作为小说角色的汪淼并不是《三体Ⅰ》的最主要角色，三体人或地球三体组织（ETO）的精神领袖叶文洁,甚至是对抗三体的地球人代表——中国警察——史强(大史）在推动故事情节和引出矛盾冲突方面都起了更为重要的作用。因此,汪淼在《三体Ⅰ》的真正作用是转述真正的（隐藏）叙述人所经历和认识的三体文明世界。从科幻理论家达科·苏恩文提出的科幻文学定义性特征出发,叙事时空体（时空定位）的“离间”与叙述人的“认知”构成科幻文学的“文本霸权”。

三体文明的设定构成了小说的叙事时空体（时空定位），汪淼转述的三体人、ETO以及大史等人才是三体文明的真正叙述人，两者与作者（刘慈欣）以及理想读者所属社会的主流标准完全相左，却在认知上符合科学—唯物主义因果律。

《三体Ⅰ》为什么选择汪淼作为主要叙述（转述）视角？这是一个“文本形式”问题，也是一个“社会分析”问题，两者的结合构成科幻小说的基本“阅读契约”，即科幻小说的认知拟真性（vraisemblance）和可信性。简言之，选择汪淼作为主要叙述视角，目的是让读者认可三体文明的真实性。汪淼的三个最基本特征是（1）中国男性；（2）科学家；（3）知识分子。首先，中国男性视角关涉三体文明的观察角度。中国男性是汪淼的基本生理和国族（national）特征，是绝大多数中国科幻文学的基本视角，部分原因可能是中国科幻的主要读者也是中国男性。其次，科学家视角关涉三体文明的拟真性。中国科学院院士和纳米材料专家既代表着汪淼作为优秀的应用物理学家的职业身份，也意味着汪淼拥有丰富和专业的科学知识，并且更为重要的是他对科学的态度：科学就是他的信仰。最后，知识分子视角关涉三体文明的可信性。在当代话语中不是所有的科学家都属于“知识分子”。知识分子的社会特征赋予汪淼用科学为人类社会做出贡献的理想追求和超越庸俗大众的道德情怀，以及行动上的某种软弱性——特别是与《三体Ⅰ》的其他主角相比。一方面，在《三体Ⅰ》的汪淼叙事中三个视角贯穿始终。另一方面，随着情节发展和矛盾深化，三个视角之间的关系和地位也不断发展和变化。这三个视角也构成刘慈欣的理想读者的基本特征。

在《三体Ⅰ》开篇，当听闻超自然 / 科学现象发生，汪淼的第一反应是捍卫科学共同体的专业性和知识分子的献身精神。他鄙视警察大史的粗俗和不尊重科学，然而当得知他的暗恋对象、天才物理学家杨冬接触“科学边界”自杀后，在大史嘲讽自己会懦弱自杀的刺激下，汪淼决定加入“科学边界”以求真相（第 1 章）。在亲身遭遇胶卷出现“倒计时数字”的超自然现象后，科学家的求真精神让他陷入了不大不小的精神危机，但他仍然试图找出“倒计时”的阴谋制造者（第 2—3 章）。

在开篇阶段，汪淼的三个视角基本是均衡分配的。当然，科学家是他的首要身份 / 视角。接下来的剧情发展中，三个互有关系的暗示或证实三体文明存在的事件 / 线索，差点摧毁汪淼的科学家和知识分子的精神世界：三体游戏、叶文洁和红岸基地、宇宙闪烁的天文异象。在追寻“倒计时数字”真相的过程中，汪淼从“科学边界”组织获取并登录三体电脑游戏。在这个表面简单却蕴含丰富信息的虚拟游戏中，汪淼开始从人类的角度理解三体世界在恒纪元与乱纪元的无序交替之间的文明演进历程（第 4 章）。其间，汪淼认识了杨冬的母亲，退休天体物理教授叶文洁（第 5 章）。通过叶文洁一个学生的讲述，汪淼得知她的前半生的不幸经历（第 7—9 章）。而在叶文洁的叙述中（第 13—15 章），汪淼得知曾是绝密项目的红岸基地的目标居然是搜索和接触其他宇宙文明。三体游戏让汪淼沉迷，叶文洁的遭遇让他同情，红岸基地让他震撼，但让他崩溃的是违反物理学基本常识的宇宙闪烁，这正是“科学边界”预言的违反物理规律的天文现象（第 6 章）。在遭遇科学信仰崩塌的可怕时刻，汪淼得到暗中保护他的大史的帮助和鼓励（第 11 章）。在大史的讲述中，“科学边界”是制造超自然现象的幕后黑手。

在三体游戏中，汪淼投入了寻找“科学边界”真相的运动中。这一阶段汪淼既有科学家的身份，更具知识分子身份。三体文明的高级先进和生存危机与地球文明的低级落后和现世丑恶，考验着汪淼的道德和理想。无论是古代中国文明还是近现代西方文明，都未能拯救三体世界的危机，在谜一样的游戏场景中，汪淼发现了三体世界的三颗恒星的基本宇宙结构（第 16 章），并试图通过三体运动的数学分析破解三体世界危机（第 17—18 章）。游戏进行到这个阶段，汪淼被邀请加入三体资深玩家——都是“社会精英”——的现实聚会（第 20 章）。组织者、环保运动“明星”潘寒声称三体世界是真实存在的，并询问如果三体文明进入人类世界，玩家有什么态度？年轻记者、女作家、老哲学家和在读理科博士生都欢迎三体人的降临，他们的理由值得稍微详细陈述：首先是对人类丑恶的绝望，以及人类社会已无力自我完善；其次，按照老哲学家的看法，就像西班牙人的入侵阻止了阿兹特克文明把整个美洲变为黑暗而血腥的庞大帝国，从而加快了美洲和全人类进入民主和文明时代一样，三体文明的降临对于此刻病入膏肓的人类文明来说终归是个福音。“科学边界”开发三体游戏的目的，正是集聚对“人类文明”绝望的社会精英。

在宣布三体问题数学不可解、三体文明必须在宇宙中寻找新的家园之后（第 21 章），精英玩家们迎来真正的聚会（第 22 章）。原来误导和暗杀科学家、在大众媒体妖魔化科学的幕后黑手就是他们的“地球三体组织”，其口号是“消灭人类暴政！世界属于三体！”。更让汪淼震惊的是三体组织的领袖居然是叶文洁。当年在红岸基地，正是绝望的叶文洁向三体人发出地球坐标（第 23—24 章）。虽然这次三体组织聚会被镇压了（第 25 章），然而三体组织内部发展和分裂成遍布和渗透全球的降临派、拯救派和幸存派（第 26—29 章）。

也正是在现代人类文明是否值得完善和捍卫的根本问题上，同为社会精英的汪淼与背叛人类的三体叛军拉开了距离。作为社会精英的一员，汪淼对地球三体组织，特别是拯救派的态度值得玩味。首先，汪淼不可能认同或加入幸存派。幸存派“都来自较低社会阶层”，他们的目的是直接为三体侵略者服务，以让四个半世纪后的子孙存活。其次，汪淼同样不可能认同或加入降临派。降临派建立了与三体文明直接联系的“第二红岸基地”，希望三体文明降临以惩罚甚至灭绝沉迷在现代科技和文明中的人类。作为一位优秀的应用物理学家（而非理论物理学家），汪淼对现代科技和文明的态度显然没有降临派那么负面和激进。对于降临派的重要的思想来源——绝对环保主义和物种平等主义，他的态度恐怕更接近叶文洁的态度：“这只是一个理想，不现实。”因此，当降临派灭绝人类的目的暴露之后，在针对藏有降临派与三体文明交流信息的“审判日”号巨轮的军事行动中，汪淼有一瞬间的虚弱，并涌起对行动策划者大史的憎恨，然而行动本身让他的虚弱和憎恨“转瞬即逝”，并最终决定站在大史那边。

如果说汪淼对幸存派和拯救派都不感冒的话，那么他对叶文洁和拯救派的态度则更为复杂和微妙。拯救派以叶文洁为精神领袖，他们因为各种原因对现代文明和人类道德产生失望乃至绝望之情，希望通过拯救危机中的三体世界进而引入更高级和先进的三体文明拯救和规制人类文明。毋庸置疑，《三体Ⅰ》乃至整个三部曲中，叶文洁或许是最为复杂和最难评价的一个人物。正如许多读者和评论者指出的，叶文洁才是《三体Ⅰ》的主人公。她是地球三体叛军的精神领袖，又是一位典型的现代中国知识分子——比汪淼更具“道德反思”和“牺牲精神”的知识分子。因此，如何理解和评价叶文洁对人类的“背叛”，是分析《三体Ⅰ》“虚拟历史”的首要问题，也是理解三体与地球的文明冲突的关键因素。

理解叶文洁（以及拯救派）的道德逻辑，最关键的一句话是：“人类真正的道德自觉是不可能的……只有借助人类之外的力量。”对人类道德的失望，源于叶文洁的个人遭遇以及对现代（科技）文明的反思。叶文洁和拯救派之所以相信三体文明能够拯救人类，是因为她坚信一个科学（更为）昌明的文明必然拥有更高的文明和道德水准。克拉克第三定律提出：“在任何一项足够先进的技术和魔法之间，我们无法做出区分。”三体人的科学技术，在拯救派眼里就是神一样的魔法，就是超出他们理解范畴的未知力量。正因为如此，三体人才被地球三体组织顶礼膜拜，成了能够拯救世界的神。叶文洁的“科学=文明=道德”信念逻辑构成《三体Ⅰ》最大的伦理学问题：一个社会的道德和文明程度与其科学发展水平有必然联系吗？在我看来，叶文洁的命题可能是当代文学贡献给中国历史和现代文明的最有意义的提问之一。作为知识分子的叶文洁的心灵史，与1840年以来“落后文明遭遇先进文明”的不少中国“西化派”知识分子何其相似。更有意思的是，叶文洁和拯救派对三体文明的真正了解非常有限。与三体文明有着最多交流的降临派首领伊文斯，牢牢控制着有关三体文明的真实信息。拯救派主导和制作的三体游戏中的场景，是他们根据三体世界的少量信息，结合地球的实际情况创造的，能在多大程度上符合三体世界的实际情况不得而知。这个虚拟现实的神奇游戏却让如此之多对当代社会不满的人类精英把三体文明当作上帝一样膜拜。

讨论了叶文洁的科学—文明—道德逻辑，现在我们可以回答为什么汪淼做出了与叶文洁不同的选择。汪淼与叶文洁最大的区别不在于对待“科学”与“文明”的态度，而在于他们所处的时代的不同。《三体》系列中最有意思的设定之一，就是三体文明与人类文明都是科学文明，两个文明中的科学家都是本文明中的精英。由此出发，汪淼与叶文洁的区别其实是两个科学家在不同时代的经历导致的。叶文洁在年轻时代经历了许多坎坷，她的科学事业追求也遭遇挫折，这让她凝固和放大了自己的苦难，不仅把个体不幸当作人类整体罪恶的结果，而且将科学发展破坏自然环境的副作用当作科学本身的罪恶，于是她不仅放弃了在人类社会中发展科学的追求，更将人类文明视为罪恶本身。当遭遇科学更加发达的三体文明，叶文洁便把人类科学——文明发展的希望寄托在三体文明的拯救之上。相比叶文洁父女坎坷的个人和科学生涯，汪淼年纪轻轻就成为中科院院士、国家纳米中心首席科学家，并与贤惠的妻子和六岁的儿子组建了幸福美满的家庭。他成长于更加和平稳定的年代（应该是在改革开放后接受大学教育），虽然具有较为强烈的传统知识分子情怀，然而他没有在“文革”年代留下的“伤痕”，也没有面对强势文明而对本文明自卑的“河殇”情结。他对科学发展和本文明更有信心。作为坚信依靠人类文明自己的力量能够发展科学技术、改善本文明缺陷的社会精英，汪淼自觉或不自觉地认同和捍卫这个时代。就像《三体Ⅰ》中一个不起眼的小人物，专注研究三体问题、与现实世界自我隔绝的魏成博士所言，力图发现三体游戏和科学“神迹”真相的汪淼是个“有责任心的好人”。汪淼的根本信念是通过科学研究为社会造福。在科学家和知识分子意义上，汪淼理解和分享了叶文洁的基本价值观。然而，汪淼的科学能力、责任心和道德感并没有帮助他成功破解三体文明和地球三体组织联手制造的“神迹”，在“倒计时数字”和“宇宙背景辐射闪烁”的迷惑和打击之下，坚信科学世界观的汪淼毫无抵抗和还手之力。

保护和帮助汪淼不成为下一个杨冬或叶文洁的是大史。从粗鄙无文的野蛮警察到击败地球三体组织的关键主将，大史在汪淼眼中的形象经历了从低到高的上升过程。两人的关系也从相互鄙视发展成为并肩合作的好战友。在汪淼的科学世界观崩塌的时刻，是暗中保护汪淼的大史的一句“邪乎到家必有鬼”让他从崩溃中回到日常生活。大史通过自己的示范告诉汪淼：人比神鬼重要，生活比科学重要，现世比永生重要。大史“天塌下来照常生活”的现世生活态度，也让把科学视为终结和超越信仰的汪淼深有触动和反思，让他投入钻研三体游戏的同时保持对“三体神”的清醒距离。此外，面对挑战现有科学的神秘乱象，坚持斗争和反抗的大史给了汪淼破解谜团的关键线索：搞垮科学研究和误导科学家的背后必然存在一个后台组织。是大史让汪淼挣脱“为科学而科学”的思维怪圈，开始思考科学及文明的敌人问题。

《三体Ⅰ》的高潮是科学家汪淼与警察大史联手战胜了反叛人类的地球三体组织，这是区分叶文洁与汪淼新老两代科学家—知识分子的关键。汪淼与大史合作具有非常强烈的文化—政治意味，既是科学家与大众的文化结合，也是知识分子与国家政权共同对抗异质文明的政治合作。或许刘慈欣选择“汪淼”作为《三体Ⅰ》主人公的名字的时候，他已经预设作为个体的顶尖科学家汪淼在三体危机面前不过是像惊涛骇浪中的三滴水那样无力。作为个体的水滴唯有融入人类整体的汪洋大海，才能获得真正的价值和力量。

《三体Ⅰ》接近尾声之际，人类收到三体文明发给人类的傲慢宣言：“你们是虫子！”赤裸裸的蔑视背后是三体文明远超人类世界的科学技术实力。汪淼和天才物理学家丁仪再次陷入颓废和崩溃的境地。这一次，仍然是大史用生活中的智慧让两位科学家振作和清醒：“是地球人与三体人的技术水平差距大呢，还是蝗虫与咱们人的技术水平差距大？”虫子与人类的技术差距，远大于人类文明与三体文明的技术差距。然而在人类的有限历史中，人类从未真正战胜过不起眼的虫子。面对科技差距，虫子之于人类的尊严，恰如人类文明之于三体文明的尊严。

在《三体Ⅰ》的结尾，汪淼、丁仪乃至叶文洁都获得了新的“道德自觉”：他们认识到，一个科技发达的文明不等于拥有更高的道德水准，也意识到知识分子的思维容易局限于少数人的道德准则和实践，而把个人或少数人遭遇的邪恶当成整个民族乃至全人类的罪恶，因此知识分子需要在文化上与人民大众相互理解。更为重要的是，他们也获得了新的“政治自觉”：面对“先进”与“落后”的文明冲突，“落后文明”的真正问题不在于科学技术的差距，而在于“落后文明”对本文明的历史和传统有无信心，以及有无决心和能力反抗追赶“先进文明”。

（以下省略第三部分“文明冲突的英雄叙事”、第四部分“文明冲突的末人叙事”）

结语：刘慈欣的“文化自觉”

2011年《死神永生》的完成札记中，刘慈欣表达了他对科幻与现实关系的“盛世危言”，同时对“急功近利”完结《三体》系列做了一个委婉的自我辩护：

> 说科幻是一种闲情逸致的文学，他们都不以为然，但这是事实。只有在安定的生活中，我们才可能对世界和宇宙的灾难产生兴趣和震撼，如果我们本身就生活在危机四伏的环境中，科幻不会再引起我们的兴趣。事实上，中国科幻的前三次进程中的两次，都是被社会动荡中断的，社会动荡是科幻最大的杀手。现在，平静已经延续了二十多年，感觉到在社会基层，有什么东西正在绷紧，压垮骆驼的最后一根稻草随时都可能出现。但愿这只是一个科幻迷的杞人忧天，但愿太平盛世能延续下去，那是科幻之大幸。

从这段自述可见，刘慈欣清醒地认识到科幻与社会现实之间的“辩证关系”：兴于安乐，衰于忧患。社会安定和发展是科幻繁荣的前提，因为安定的社会才会促使人们思考世界和宇宙的可能灾难，从而居安思危，进而改善现存社会。相反，如果社会本身动荡不安、危机四伏，那么忧患之中的人们不会对预言和描述世界和宇宙灾难的科幻文学感兴趣，因为人们本身就生活在更真实因而必然更有感染力的动荡现实之中。而且，为了防止人心不稳或过于悲观，动荡社会一定会有意无意地限制科幻对未来社会的负面想象，甚至质疑或否认科幻文学的创作动机本身。刘慈欣表达了对“太平盛世”延续的期待，但字里行间透露出一种悲观主义。

一直强调科幻与现实的区隔，为什么刘慈欣在《死神永生》“后记”中开始“批判现实”？在我看来，答案在于《死神永生》的基本线索，文明终结的末人叙事。纵观《三体》三部曲，刘慈欣认为，在极端灾难来临之际，造成人类社会悲剧的是人类社会本身的道德体系。因此，“后记”里批判的“社会现实”，不是特定的政治制度也不是具体的某个统治者，而是人类自己。这是科幻作家刘慈欣的反思和介入现实的自觉意识，在我看来，可以用“文化自觉”加以总括。

结合《三体》三部曲以及刘慈欣的其他作品，本文尝试总结刘慈欣在科幻与现实之间的“文化自觉”。

一、“硬科幻”是中国科幻作者介入现实的最佳方式。

刘慈欣曾说，科幻文学相对于主流文学的主要差异是主流文学描写上帝已经创造的世界，科幻文学则像上帝一样创造世界再描写它。科幻是用文学塑造种族形象和世界形象的最佳方式。唯有在“创造世界”的意义上，科幻文学才具有超越一般类型文学甚至主流文学的独特价值。反之，如果科幻文学丢掉科学设定和推理，这种文学不仅不可能因此融入主流文学，而且必然在成熟的主流文学面前瑕疵毕见、自曝其短。

从国家经济和社会发展背景出发，欧美科幻特别是硬科幻近三十年的衰落，与欧美国家去工业化的社会背景不无相关。而近几年以刘慈欣为代表的中国科幻作家的崛起，与中国六十年来特别是近三十年来的全面工业化的大时代背景有关，也跟刘慈欣本人的理工科背景和所具备的真正人文精神有关。从中国已经成为世界第一制造业大国的工业背景而言，真正的问题不是中国科幻为什么涌出一个刘慈欣，而是为什么中国（科幻）文学暂时只出现了一个刘慈欣?

二、如果未来（必然或很有可能）发生文明冲突和宇宙灾难，知识分子/精英需要反思和推进自己现有的道德、文明和历史观。

刘慈欣曾说："在整个文明史中，道德和价值体系也是在不断变化的。现代价值观的核心——珍惜个体生命和自由意志，其实是很晚才出现的。"因此，人类不能傲慢地相信和坚持所谓的永恒人性或道德法则，应当从科学和理性思考现有文明遭遇灾难之际的应对逻辑和可能结果，再从未来的多种可能性中反思当下人类文明。因此，"道德的尽头就是科幻的开始"。

《三体》三部曲中有许多关于现代道德的反思叙事，的确涉及当下中国社会的某些核心道德争议。刘慈欣最为熟悉和关切的是《三体Ⅰ》中汪淼视角的知识分子叙事，他最崇敬和高扬的是《黑暗森林》中罗辑的英雄叙事，而他最思索和担忧的是《死神永生》中程心视角的末人叙事。这三种视角代表的人类群体构成了当代社会的整体群像。

在《三体》每一部的结尾中，主人公都获得了某种"文化自觉”。汪淼觉悟到，面对“落后文明”与“先进文明”的冲突，知识分子必须明白文明的科技水平与其道德水平并无必然联系。“落后文明”的真正问题不在于科学技术的差距，而在于对本文明的历史和传统有无信心，以及有无决心和能力反抗和追赶“先进文明”。罗辑觉悟到，社会精英无权用自己的道德标准去要求和支配全体人民的生死存亡，一个真正的人类英雄应当秉承“信念伦理”，因此，政治行动的后果和责任高于个人的道德信念。程心觉悟到，末人们自以为发现了永恒人性和道德法则，然而结果却导致人类文明和历史的终结，因此，人类应当摆脱末人时代的诱惑和束缚，勇于继续创造历史。这不仅仅是因为人类社会还存在如此多的不完善之处，而且意味着人类的征途是星辰大海。

三、英雄主义与历史必然性之间的纠结及其克服。

刘慈欣曾说，科幻文学是英雄主义和理想主义的最后一个栖身之地。他的几乎每部作品都有英雄的存在。在《三体》系列中，罗辑、章北海、史强和维德都是“超人”式的英雄，“在关键时刻，能够有精神力量和魄力跳出道德的限制，奔向最后生存的目标”。另一方面，刘慈欣也反对“英雄史观”，他认为：“历史一定有自己的原则和必然性存在。”于是，我们可以发现，刘慈欣给《三体》英雄安排的命运常常是悲剧。

英雄主义与历史必然性之间的纠结，反映了刘慈欣对人类未来的悲观主义态度。尽管他反复强调，宇宙终结并不是一种悲观主义。在我看来，刘慈欣的真正的觉悟和纠结之处，在于他在《三体》中创造和揭示了现代社会中精英与大众的深刻分裂。一方面是分裂的大众，每个人类个体都把“自我保存”和“个人权利”视为文明的首要价值，却无法组织和整合起来。另一方面是孤独的精英，尽管可以在危难中拯救人类，甚至可以为人类社会立法，然而这样的英雄总是不被大众所理解，甚至遭遇大众的报复和惩罚。刘慈欣曾经设想，技术可以做到把人类用一种超越道德底线的方法组织起来，用牺牲部分的代价来保留整体。然而《三体》系列的悲怆结局中，精英和大众都没有找到合适的人类社会组织方式。

在谈及《蝙蝠侠：黑暗骑士》电影时，刘慈欣评论导演诺兰“虽然很出色地营造出这个道德死局，却没有胆量对自己提出的诘问做出任何有价值的回答”。在我看来，类似的诘问也可以向刘慈欣提出：科技发展似乎也无法解决英雄与历史的纠结和精英与大众的分裂，我们可以怎么办？刘慈欣看到了问题，但他无法回答。从对民众创造力和自我组织力模式的悲观（大史这样的传统中国人真的极少吗？），对资本主义生产方式的普遍推崇（《三体》系列只有私有企业！），对政党和社团民众的组织能力的漠视（《三体》最强有力的组织是 ETO 这样的邪教），以及尼采式的超人推崇（罗辑、章北海和云天明在骨子里蔑视大众），我们可以发现刘慈欣的纠结背后的精英主义。然而这种精英主义却在末人时代无所适从。因此，我愿意用“文化自觉”而非“政治自觉”来描述和总结刘慈欣对于科幻与现实的自觉意识。

不过，正如时代的不同让汪淼最终没有成为叶文洁，我们或许不必苛责刘慈欣没有给出答案，这个时代本身尚在变化和波动之中，关于许多根本问题的争论尚未终结。历史没有终结，中国文明和人类文明的未来存在多种可能。如果未来历史中存在着一种调和英雄主义与历史必然性的解决方案，那么刘慈欣笔下的英雄与大众最终会达成和解。在这个意义上，我想刘慈欣会同意这样一个说法：我们需要未来，所以理解当下；我们敢于想象未来，所以认同传统。

其实，中国现代文明本来就有这样既敢于征服宇宙，又甘愿献身于民众的伟大英雄。早在 1935 年，24 岁的钱学森就立下了这样一个足以激励百年乃至千年之后的科幻迷们继续为之畅想和奋斗的梦想：

> 你在一个清朗的夏夜，望着繁密的闪闪群星，是否有一种可望而不可即的失望？不，决不！我们必须征服宇宙。

（原载《文艺理论研究》2016 年第 1 期）

作为一门通识课的《三体》*

张 曦

叶文洁和杀虫剂隐喻 / 黑暗森林和三体人性
英雄荣光与现代社会 / 充裕和“最后的人”
宇宙社会的政治猜想 / 太空中的政治
灭亡阴影下的平等主义 / 程心与刘慈欣的人性困惑
三体与道德世界的本质 /……

刘慈欣确实是一个好作家，在我们这个时代写了《三体》这部小说。我想大家应当和我一样，在阅读《三体》的过程中，对作家的辽阔宏大的想象力产生了极大的尊敬和推崇。

刘慈欣的这种高超的想象力，借助汉语文学的优美笔触，最终在纸上化为罕见的美学表达。比如说，在阅读一根纳米线割断“审判日”号巨轮这个片段时，我们就可以感觉到前所未有的美与壮观。在描述这个场景时，我们感受到作家文字的冰

---

* 2016 年中山大学设立核心通识课“《三体》中的政治和道德哲学问题”，由哲学系张曦老师主持讲授，本文编选自课程第一讲。

点温度，感受到创作氛围中呈现出的一种夸张的静谧与恬淡。

正是在这种静谧和恬淡中，刘慈欣让我们感受了一种淡淡的、静静的充满了死亡的暴力美学。

《三体》是一部科幻作品。不过，在这门课中，我们看待《三体》的视角，并不仅仅着眼于《三体》的科幻性。我们的视角聚焦于《三体》故事的灵魂部分。在《三体》的世界中，吸引我们的，将是各种各样的人，和他们在故事线中逐步表现出的人性状态。

人和人性问题，实际上是构成一切小说意义和价值的生命线。如果没有对于现实的人的关切，科幻小说是不会成立的。所有宏远辽阔的幻想，所有以宇宙或未来为故事背景的畅想，要想在故事中幻化出奇妙的文学力量，都必须依托于它对“像我们这样的生灵，在灵魂最深的地方，究竟是什么样子的”以及“我们究竟可以过什么样的生活”这些问题的回答。

实际上，随着我们课程的推进，大家会逐渐发现，《三体》小说不仅是一部好的科幻小说，而且也是一部好的纪实小说；它不仅描述宇宙和未来，而且描述地球和现在。在某种意义上，你甚至可以说，刘慈欣在这部小说中，陷入了我们这个时代的中国人最深的焦虑。刘慈欣受这种焦虑困扰，企图克服，但最终没有成功。

整部《三体》，都充斥着刘慈欣对现代中国人人性境况的不满和批判。平庸、狭隘、短视、焦躁的丑陋人性境况困扰着他，他无力解决。在允许一个充满矛盾和张力的人物“程心”活下去的同时，刘慈欣扔出了“二向箔”，毁灭了所有陷在这种人性境况中的人。这是很有意思的事，我们将会用专门一节课来加以讨论。

《三体》这部小说里面记载的全是人，活灵活现的、自私自利的、蝇营狗苟的、随时为了过好日子可以不顾明天的、短视的、狭隘的、我们这样的人。这种类型的人是特别的，只存在于特定历史阶段的世界之中。我们这个时代之前，人不是这样的；我们这个时代之后，人是未知的。《三体》探索的问题是：我们这种人，叫作现代中国人的这种人，此时此刻的中国人，整体上是什么样子的？在一个宏大的富有美学意蕴的毁灭面前，我们这样的人表现出什么样的特质？究竟还有没有什么东西最终能救赎我们？《三体》对这些问题的思考基调是极端黑暗、灰色的。在我读过的科幻小说中，没有任何一部作品像《三体》这样对现实的人性持有如此悲观灰暗的心态。也许，为了理解《三体》，在这门课中，我们需要增加一点社会经验，要进入到我们这个时代最深的恐惧和焦虑当中去。当然，也许你们太小了，小到还不能理解我们这个时代背后的恐惧和焦虑，小到还不足以理解人性中最隐秘最幽暗的那个部分。那么，我只好帮助你们稍稍加强一点理解。我想给大家提出一个问题，但是这个问题具有相当大的杀伤力：你们想过没有，如果房价这么涨下去，你们中的绝大多数人将来怎么办？这个问题你们要冷静地悄悄地一个人独处地想一想，想到后脊梁骨出汗发凉就别再想了。在这门课中，我们首先要做的事情，就是一步步地把刘慈欣看到的那个狂躁不安的人性世界撕开来拿给你们看。接着我们再一点点地把它合上，去思考中国人的希望和出路。

这门课的名称是"《三体》中的政治和道德哲学问题"。因此我们首先要解决三个问题：当我们思考问题时，究竟什么样的思想姿态，才能叫作"哲学地思考"？当我们思考问题时，究竟什么样的思想姿态，才能叫作"政治哲学地思考"？当然，以及什么才是"道德哲学地思考"？

1. 何为哲学思考

哲学并不是一门高不可攀的学问。很小的孩子就有能力问出哲学问题。比如一个五岁的孩童，可能会问他的父母，月亮会不会掉下来？是啊，我们凭什么说月亮会一直挂在那儿呢？为了说明这个问题，我们就需要讲一个 story，甚至一个 theory。

我们所讲的这个故事、这个理论，会遇到许许多多的挑战和质疑，于是我们就不断改造这个故事、这个理论，使它越来越精致、越来越充满证据支撑。某些时候，我们发现我们已经不能自圆其说了，于是就用一种更有解释力的故事或理论，来取代原有的故事或理论。

在某种比较宽泛的意义上说，哲学思考就是给出这样一种故事或者理论的过程，就是我们在认识和理解这个世界时所试图给出的基本图式。

这个图式的特点，在于它是由概念组成的。这些概念依靠某种骨架结构支撑，彼此勾连在一起。支撑这些概念的骨架结构，就是包括因果关系以及其他逻辑关系在内的思维关系。

我们人这种生灵有一个非常特别的能力，就是我们能够逻辑化地表现我们所生活的世界和我们所经历过的历史。通过概念和逻辑，我们最终认识这个世界。

比如说，当我们需要吃东西的时候，我们脑子中会出现一系列的概念，比如：吃、食物、麦当劳、楼下、楼下的转角、麦当劳店、店里的服务员，所有的这些思维被因果关系、逻辑推理连接在一起，就构成了“饿就下楼走到转角处找麦当劳的服务员买汉堡包缓解饥饿”的事件。

这是我们太熟悉不过的思考问题的方式，对不对？所以，哲学思维并不是一个很神秘的东西。几乎每一个受过高等教育的同学都有用哲学思维去思考问题的能力。

一旦我们能够非常熟练地开展哲学化思考时，我们就会逐渐掌握一种直达本质的能力。可以超越事物表象上的纠结和模糊，直接看到问题的要害。

所以，如果我们打算对《三体》做一些哲学思考，那么，我们实际上也就是打算把《三体》作品当作我们思维的对象、把它仅仅作为一个作品来看待。我们试图用概念和逻辑，重构《三体》故事中最深的东西，把这些富有哲学意蕴的东西提炼出来加以检视。在所有这些事开始之前，我们首先要建立一个合理的“作品—读者”关系，那就是我们不崇拜作品，而是思考作品、诠释作品。

2. 何为政治哲学思考

那么，当我们试图从政治哲学和道德哲学的角度去理解一个作品，不管是《三体》，还是其他作品，我们究竟又是在做什么呢？我们首先来看看什么叫作“政治哲学思考”，或者说当我们运用政治哲学思考时，我们究竟是在思考些什么问题。

我们都生活在政治世界之中。不生活在政治世界的“权能”，不是属于神，就是属于兽。这样说，只是因为人这种生灵，是必然要过社会生活的。人没有办法以纯粹个体的方式有意义地存在于世间。

小说《鲁滨逊漂流记》就很好地表达了这个思想。表面上看，鲁滨逊依靠自我奋斗，好像可以一个人在荒岛上过活。

但卡尔·马克思却洞察到了事情的真相，发现在鲁滨逊开始过他的孤独自处、自力更生的荒岛生活时，他所拥有的一切，无论是器物还是思想观念，都是他曾经生活过的社会世界赠予他的，都是他从那个社会世界学习来的。可见，即使对于鲁滨逊这样的人来说，除了“自我奋斗”，也要考虑到他所处的“历史进程”。

一个孤零零的、从来没有被社会世界打下过烙印的鲁滨逊，是不可能在人的意义上存在的。那样一个鲁滨逊，不可能是一个完整意义上的人，而只能是离群索居的长得人模人样的禽兽。虽然我们都是禽兽，但我们是某种有教养的禽兽。这种教养，恰恰就来自我们所生活的社会—政治世界。

政治生活在本质上来说，就是我们这样的不得不过一种特殊生活形式的生灵所必然要过的那种生活。政治生活就是我们人这样的生灵，通过创制有秩序的共同体的方式“生活在一起”的活动。在这个有秩序的共同体中，我们开展生活，定义自身。

所以，政治哲学思考，实际上是在思考两个问题：第一，我们究竟是什么样的生灵；第二，像我们这样的生灵，究竟可以、应当过什么样的生活，以及实际上又过着什么样的生活。

当我们思考第二个问题时，我们是在思考可能的政治秩序形态。但建构政治秩序的毕竟是人，而人是会变化的。人可能生活在三体星出现之前，也可能是生活在三体星出现之后；可能是生活在大广播年代之前，也可能是生活在大广播年代之后；可能是生活在蓝色空间号上，也可能是生活在苍茫宇宙的某个未知角落中。

不一样生活境遇中的人，有着不一样的生活状态，正是这些差异，使他们在建构政治秩序时，遭遇了不一样的给定条件。

改变这些给定条件，我们就不仅会改变第二个问题，而且甚至也改变了第一个问题：人究竟是什么样的？比如说，在《三体》中讨论未来社会和蓝色空间号的时候，刘慈欣表现出一种独特的焦虑。他发现，一旦某些关键变量改变，人性中最糟糕的部分就会暴露出来，而政治秩序也不得不依照人的全新样式来获得架构。

3. 何为道德哲学思考

那么，什么是对道德的哲学思考呢？道德是一个非常特别的人类设置，它思考关于对和错的问题。整部《三体》，其实就起始于一个元层次的怀疑论、一个元层次的道德疑问：我们称之为“对”的那些东西，是不是真的对？我们称之为“错”的那些东西，是不是真的错？我们称之为“道德”的那个东西，是不是根本就是一连串的胡扯？这个怀疑论的产生，本身就是我们这个时代最大的焦虑。

普遍的观点也许认为，对绝大多数人的生存有益的就是对的，对绝大多数人的生存有害的就是错的。但刘慈欣不这么想，如果他是这样想的，那这个小说应该有个 happy ending，应该是正确的大多数人得到拯救才对。但实际上，情况并不是这样。刘慈欣在整部小说对大多数人的判断持有的是一种接近于鄙视的态度。他以一种道德上中立的姿态提出了这样一个观点：如果这个世界的命运掌握在极少数有判断力的人手中，这个世界未必会被毁灭；但如果这个世界掌握在群氓的手中，这个世界一定会瞬间被毁灭。

在小说中，刘慈欣只用了十五分钟，就让地球世界处在了毁灭的边缘。他从来没有相信过大多数人的意志代表了“对”。实际上，他意识到，一个平等主义的时代，很可能是庸俗不堪的，是真理荡然无存的，是对变成错、错变成对的时代。一个平等主义的、布尔乔亚的“末人世界”最终遭到毁灭，是刘慈欣整部小说中非常有思想性的部分。刘慈欣在《三体》中表达的是一个“道德荒漠”的基调，那就是他不相信任何道德上理所当然的东西，他不相信所有的我们已经建立的称之为“价值观”的那个东西真的是坚如磐石、不可置疑、不可摧毁的。

刘慈欣自己在“何为对错”这个问题上非常困惑。一方面，他用了前两部和第三部的 80% 想说明这个世界是混乱一团、没有任何道理可言的，但另一方面，在作品的最后，他又提出了一个语焉不详的观点，认为这个世界大概存在一种隐秘的道德正确。

比方说，当程心坚决要把人造小宇宙的能量还给大宇宙的时候，她说这是因为她听从了自己内心的召唤，做了一件她认为正确的事情。她给出的理由是：假如所有拥有小宇宙的人都不把能量还回去，那么大宇宙就没有了。但如果这个宇宙从根本上来说只是一片混乱的话，有没有大宇宙究竟又有什么意义呢？在《三体》第三部中，刘慈欣无数次受到这个问题的困扰，甚至直到结局，也无力化解这个困扰。

但在刘慈欣的隐约直觉中，也许某种隐秘存在的因素，确认了这个世界中的对和错。同学们可以回想，当罗辑画出的宇宙坐标被摧毁的时候，地球上有一种意见认为冥冥宇宙之中存在着一种正义的力量——这是地球上一些人的观点，这是认为存在着“自然正当”的观点——存在着一种从神秘的角度来看一定存在的对错观。这里所说的神秘，不是宗教意义上的，而是穷尽我们的能力也无法把握到的，通过哲学思维方式本质把握都无法认识的。在这样一个观点看来，无论有没有利益，无论利益的主体多么具体，在这些庸庸碌碌的主体和无穷无尽的利益之上，都存在着一个“永恒正当”的问题，也就是从某种我们无法把握的角度来看，我们都有一个对的标准，也有相应地去做对的事情的责任。

这个思想实际上也是刘慈欣在刻画程心这个形象时始终摆脱不掉的想法。小说的最后，程心把能量还回给大宇宙的时候，她身边有个人跟她说，你这个人在任何情况下都会选择做觉得自己应当承担责任的事情。程心确实是这么个人。但我们是不是真的有义务去做永恒正当的事情？以及，是不是真的有一个永恒正当的东西呢？这些问题，我们在后面的课程中都会讨论到。借助《三体》三部曲，我们将会去思考“我们称之为道德的那个东西到底是什么”这样一个道德哲学的根本问题。

这里，我们还需要稍稍深入思考一下，所谓的“某种隐秘存在的因素”究竟可能是什么。在我所说的意义上，某种因素是“隐秘存在的”，只是说通过我们的理智，我们不能完全对其加以理解的。它并不一定是一个神学宗教意义上的神秘观念。实际上，我们所生活的宇宙在构造上究竟是什么样的，人性究竟有没有某种内在秩序，这些问题我们都不了解，因此这对我们来说都是神秘的。如果，就像苏格兰启蒙哲学家那样，我们认为人性和我们的宇宙一样，在构造上都是有秩序的，那么，我们或多或少就倾向于相信，存在某种隐秘的因素，来确保了这种秩序有条不紊。在《三体》中，刘慈欣或多或少相信有这么个东西。他批判人性，但他也莫名其妙地相信人性中有某种很宝贵的东西。我们可以通过剧透一下后面的课程，来说明这一点。

通过阅读《三体》，我们会发现，第一部中所描写的三体人对待地球文化的态度，和后两部中的完全不同。为什么会这样呢？在第三部中，刘慈欣也许是接受了西方科幻小说的某种影响，也许是他的思想有变化，不管怎样，我们从文本中可以看到，刘慈欣开始接受这样一个观点，就是人性中的柔软、爱、温暖和感动的因素是人性中符合自然世界构造和内在秩序的因素。

在这里，请大家注意，西方科幻小说中有一个传统，就是喜欢刻画一种独特的生灵，这种生灵没有人性中最重要的一个维度——情感能力。他们拥有人所不能拥有的理智能力，但是缺乏情感能力，从20世纪60年代开始我们在西方科幻小说中看到了大量这样的设想，比如《星际迷航》中的瓦肯星人。从第二部开始，刘慈欣向这个传统靠拢投降。如果三体人像第一部所描述的那样充满谋略，这部小说要么就不会继续，要么将是惊人伟大的小说，因为刘慈欣要想象一个前所未有的人性，而这几乎是不可能的。

如何看待我们所生活的世界中的道德，是《三体》中贯穿始终的一个问题。刘慈欣思考质疑一切道德观，从对人性的最大程度的怀疑、悲观、否定和批判出发，把我们称为道德世界的那个东西打得粉碎。程心本身则是一个矛盾重重的角色，但刘慈欣选择了程心。也许我们不能把程心简单当作一个人物角色来看待。实际上，程心在很大程度上被刘慈欣当作人性困境的解决方案（resolution）。但直到最后，刘慈欣也没有办法通过程心来完成对普遍人性的救赎。他选择了一个伟大的解决，就是让程心和极少数人类存续下来，而让像你、像我、像我们大家这样的人都被一个“二向箔”给灭了。还有比这更惊人的对“人性之难”问题的解决吗？这是个美学意蕴何其充盈的毁灭！

刘慈欣在面对现代中国人的人性境况时，很困惑，他不是作为一个完整的成熟的哲学家在思考这部作品，他是想着写着、写着想着。程心这个人物本身就是难以理解、复杂多面、充满矛盾的。她充满了女性的阴柔，最后又表现了男性的气概。等我们把程心这个角色分析清楚了，我们大概也就能读懂《三体》和刘慈欣的所思所想，知道其实刘慈欣是没有能力面对这个时代最深的困惑、承受这个时代最深的恐怖和焦虑的。

整部《三体》，在我看来，实际上就是对我们所生活的这个时代中国人人性境况的一次纪实。一个科幻作家，对这个时代的人性境况，要有怎样的痛切感触，才会用一个“二向箔”毁灭芸芸众生，独独留下来一个程心、一颗脑？从这个意义上讲，这部小说非常有意思，这部小说也许是两百年、三百年以后的人研究我们这个时代的很好的文本，它记载的都是我们的想法。它是这个时代中国人真实精神状态的记载。正是因为这部小说里面没有任何东西对我们来说是新的，所以，在座的各位才会看得那么投入，感到那么亲切。

《三体》中的政治哲学

霍伟岸

《三体》是当代中国科幻小说的经典之作，已毋庸赘言，它获得国际科幻小说界的最高大奖“雨果奖”，确实是实至名归。《三体》的物理学想象不光让非专业读者叹为观止，而且在物理学界也引发了热烈讨论，甚至有物理学家专门写了一本书，《〈三体〉中的物理学》，来分析这些物理学想象哪些是可能的，哪些是不可能的。不过，在笔者看来，《三体》的物理学想象只是成就了这部小说的“硬科幻”底色，真正使其接近伟大作品地位的，却是它的政治哲学想象。

一

所有伟大的文学作品都离不开对人性的思考，同样，所有伟大的政治哲学作品也都以对人性的深刻洞察作为其推理的起点。20世纪德国著名公法学家和政治学家卡尔·施密特在《政治的概念》中认为人性本恶，美国政治哲学家列奥·施特劳斯在评注施密特这篇文章时指出，施密特所讲的人性本恶，并不是道德上或伦理上的恶，而要理解为人是一种危险的存在，有一种兽性力量蕴藏其中。施特劳斯进而指出，不同的政治意识形态，对于人性是否可以通过教化而得到改善，有着截然不同的观点：像霍布斯那样的王权绝对主义对此持悲观态度，因此主张对人进行严格的限制；而正统的自由主义对此持相对乐观态度，因此主张对人的限制要较为宽泛；无政府主义的态度最为乐观，因此主张人性可塑，教育万能。

在《三体》中，我们看到，正是对人性的悲观绝望促使叶文洁下定决心把地球的坐标位置暴露给三体文明，从而开启了《三体》三部曲的故事序幕。在地球三体组织的内部分裂中，拯救派与降临派尖锐对立的立场实际上体现的是对人性之恶的不同态度：拯救派认为人类已不可能依靠一己之力抑制自身的邪恶，解决自己的问题，只能借助外来的三体文明力量对人类社会进行强制性改造，从而帮助人类得到提升和完善；但降临派对人性已经彻底绝望，他们把人类视为邪恶的物种，必须为其滔天罪行遭到最为严厉的惩罚，那就是由三体人来毁灭全人类。降临派的纲领是全盘反人类的，其最终目标甚至也包括自身的覆亡，大有“纵使宇宙毁灭，也要让正义实现”的气势。这一点反映出地球三体运动本质上是一场宗教政治运动，把一个宗教性目标——建立一个没有罪恶的世界——当作一个政治性目标来加以追求。

鉴于任何严肃的政治哲学讨论都必须以人类的存续为前提，因此这里更有意义的问题是由拯救派的纲领所引发的：是否科技更为发达的文明，其道德水平也必然更高？进一步的问题就是，科学与道德的关系是怎样的？在政治哲学的历史上，这是一个经典的问题。在《理想国》中，柏拉图就曾借苏格拉底之口提出美德即知识，换言之，道德问题首先是一个认知问题，人如果能像哲学家一样认识了理念世界，就会自觉按照对道德知识的理解去践行道德，人在道德上的行为偏差归根结底是缺乏真知的结果。17 世纪英国政治思想家洛克终其一生都怀抱着“道德（自然法）可以如数学般精确地得到证明”的理想，虽然他始终也没能完成这个证明，而且越到晚年对于这个证明的困难性体认越深，但他终究没有放弃这个理想。不过，他从否定天赋知识论出发去证明道德真理性的尝试，最终却促使更多的人怀疑这一证明的可能性。最后，在 18 世纪英国哲学家、历史学家和政治学家休谟那里，科学与道德被彻底分开，科学属于事实层面，道德属于价值层面，事实不能推出价值，反之亦然，这一结论被称为“休谟铁律”。虽然 20 世纪 70 年代以来，不断有人想要挑战休谟铁律，但事实与价值，或曰科学与道德之间的鸿沟却依然横亘在那里。马克斯·韦伯的名言“科学不涉及终极关怀”仍旧启人深思。

因此，我们完全有理由对三体人的道德水平不抱幻想。

事实上，从小说对三体人为数不多的直接描写中，我们看到，生存压力导致三体世界处于极端专制的统治之下。为了整个文明的生存，三体世界的道德体系对个体几乎毫无尊重，其政治权力的行使十分任意。例如，1039号监听员自作主张给地球发出了警告信息，这有可能导致整个三体世界失去唯一的集体求生机会，但三体元首的判决却是直接责任人被释放，数以千计的间接责任人被处死。同样，地球三体组织是一个以高级知识分子为主的精神贵族组织，却宣扬每一个个体都要为所谓的人类罪行付出同等代价（甚至是生命的代价），而完全不去考虑罪责是否相适的问题。这些例子进一步印证了科学与道德之间绝非简单的相关关系。

小说作者刘慈欣在《三体》第一部的后记中讨论了宇宙道德问题，并认为这个问题只有通过科学的理性思维才能得到解决。但是从政治哲学史的角度来看，科学的理性思维恰恰不能解决道德问题。小说作者还认为，完全可能存在零道德的宇宙文明。对此，我们可以说，道德的两个前提是自由和理性，缺一不可。所谓“零道德”，只有两种可能性，一是理性不足，那么这样的“文明”不过类似于地球上的动物世界，并不是真正的文明；二是完全取消了自由，无自由则无道德可言，一切皆由必然性决定。也许，刘慈欣的本意正是，零道德的宇宙文明就是行为动机皆由生存必然性决定的宇宙文明，这大概就是他构思宇宙社会学的最初想法。

二

《三体》第二部《黑暗森林》的整个故事，最大的悬念是宇宙社会学的原理。小说主人公是拥有天文学和社会学双博士学位的大学教师罗辑，他的学科背景决定了他是建立宇宙社会学的不二人选。这门学科的基本原理从开篇罗辑与叶文洁的一段对话中引出。两大公理是：第一，生存是文明的第一需要；第二，文明不断增长和扩张，但宇宙中的物质总量保持不变。另外还有两个重要的概念："猜疑链"和"技术爆炸"。不过所有这些公理和概念的深刻含义，一直要到《黑暗森林》接近结尾处才向读者完全解释清楚，而罗辑恰恰是借助这一理论抓住了三体人的软肋，最终成就了好莱坞式的个人拯救世界的壮举。

从政治哲学的角度看，宇宙社会学的基本原理与17世纪英国政治思想家霍布斯的自然状态学说颇有相通之处。宇宙社会学是通过演绎推理建立的，同样，霍布斯的政治哲学也以几何学为榜样，以一个最初的不证自明的真理作为前提。霍布斯的公理直接对应了宇宙社会学的第一公理：左右一切行为的规则是，生命体总是会本能地保护或增强其生命力，自我保存是支配一切行为的生理原则。霍布斯的自然状态就像是茫茫宇宙的黑暗森林，每个人的首要行动原则是自我保存。基于这个原则，一个人可以做他认为必要的任何事情，包括侵犯他人已经占有的东西，甚至侵犯他人的身体乃至生命。自然状态因此是一切人对一切人都充满敌意的战争状态。由于缺乏国家那样的强制力保证契约得到履行，自然状态下人与人之间不可能有真正的信任，也不可能达成任何真正的信约，因为先行履约人并不知道当他履约后，其他订约方是否也会同样履约，这样，所有人就都陷入了某种博弈论上的囚徒困境，遭遇到了“无限后退”问题。这其实就是宇宙社会学的“猜疑链”概念想要表达的意思，每一个文明都不知道另一个文明到底是善意的还是恶意的，“他们不知道我们是怎样想他们怎样想我们怎样想他们怎样想我们怎样……”，于是，每个文明在生存第一的原则指导下，都只能以敌意对待他者，结果，黑暗森林就是宇宙各文明之间的自然状态或战争状态。而“技术爆炸”这一概念所传达的意思，不过是宇宙中低技术等级文明对于高技术等级文明所构成的潜在威胁是真实存在的，因为技术发展并不是匀速前进的，而是一旦取得关键性突破，就有可能在短时间内得到突飞猛进的发展。在霍布斯的理论中，“技术爆炸”实际上对应的是，在自然状态中，即便是最弱小的人也有可能杀死最强大的人，因此，所有人都是同等的不安全，所有人在横遭暴死的危险面前都是平等的。

刘慈欣不一定读过霍布斯的《利维坦》，但宇宙社会学的公理和概念却颇得霍布斯式的自然状态的神韵。小说不仅在地球文明与三体文明的对决中使用了这些公理和概念，而且还在人类群体内部面临生死抉择的关键时刻凸显了这些公理和概念的作用，从而进一步让我们体会到霍布斯主义的深刻意味。当逃亡中的“自然选择”号太空战舰和追击它的另外四艘太空战舰知道自己成为人类文明仅存的种子后，舰上人员很快发现更糟糕的事情还在后面，他们被迫陷入了一种不是你死、便是我亡的道德困境中，痛苦的选择是谁先开第一枪。先发制人将赢得生存之战，但必须要经历道德良心的折磨。小说告诉我们，自相残杀最终如期而至，被毁灭者在道德上并不优越，他们只是动手晚了一步，“太空使我们变成了新人类”，“新的文明在诞生，新的道德也在形成”。这种新道德就是生存至上原则。如果霍布斯知道这段故事，他可能会说，不错，这确实是新道德，不过这里的新只是相对于前现代西方世界的道德体系而言的，由这个新道德所形塑的世界正是我们的现代政治世界。关于太空造就了新人类的说法，霍布斯一定会表示反对，他会说，人的本性没有改变，也不会改变，太空就像自然状态一样，只是使人性的本质在其中得到更加鲜明的揭示而已。

三

随着三体威胁的日益逼近，逃亡主义思潮涌动，有投机者甚至利用这种思潮，打着设立“逃亡基金”的幌子骗取钱财。尽管逃亡基金并不存在，但逃亡确实作为一个真实的政治选择被政府认真考虑过。例如，小说提及，欧洲联合体曾制订了一个初步的逃亡方案，以抽签方式决定首批逃亡人选，规则虽然被大家通过，但抽签结果出来后，大多数未被抽中的人都反悔了，随后发生了大规模骚乱，公众舆论转而认为逃亡主义是反人类的罪恶。这种戏剧性的转折提醒我们，在民主时代，在重大的利益攸关的问题面前，如何理解和贯彻人人平等的原则，确实是一个极其复杂的道德难题。

假如三体人入侵的结果就是要毁灭全人类，假如人类的技术和资源能力只能保证一小部分人逃离迫在眉睫的灭顶之灾，飞向茫茫宇宙寻找新的定居点，那么如何确定谁有资格获得一张“诺亚方舟”的船票？金钱和财产所确立的优势性地位在平时如果还能得到普通人的理解甚至尊重的话，在人类群体面临生死存亡的重大关口，宣扬“有钱就可以活，没钱只能等死”这一逻辑的人只会加速自身的毁灭。政治权力所构建的等级秩序也绝不能成为在生死问题上确定孰先孰后的正当性基础。抽签虽然看起来最接近抽象的平等，但事实上最平等的选择却是听上去让人备感悲哀的“要死大家一起死”，这也是为什么公众舆论从赞成逃亡很快转向反对逃亡的心理原因。

逃亡的需求是极端庞大的，逃亡的资源却是极端匮乏的，不仅无法满足每个人，甚至难以满足大多数人对于生存的基本需求。在这种极端的情境下，按照休谟在《道德原则研究》中的说法，正义或财产权的自然基础就不复存在了。休谟认为，正义是有条件的，只有当我们处于适度匮乏状态时，正义才是有用的，而且也才是可能的。如果物质资源极大丰富，可以充分满足每个人的需求，这时再设定规则去明确什么是属于你的，什么是属于我的，就纯属多余。但如果是相反的极端，物质资源极度匮乏，只能满足一部分人的生存需求，你获得足够生存的资源，要以我匮乏至死为条件，那么这时再去讲什么正义，讲什么财产秩序，在休谟看来，也无异于痴人说梦。在这种极端情形下，最重要的公共道德原则——正义，就失去了存在的自然基础，霍布斯主义的生存原则再度凸显出来，为了生存，每个人都可以做他认为必要的任何事情，不再有任何道德原则可以约束他或谴责他。在生死存亡面前，任何道德原则似乎都显得苍白无力。《三体》第三部《死神永生》对此有一段生动细腻的描写，把为了逃生不择手段的众生百态刻画得淋漓尽致。

虽然外星文明入侵地球不过是离我们生活太过遥远的虚构，但是类似的道德困境也完全有可能在其他情形下出现。例如,《三体》所设想的冬眠技术,就有可能带来类似的平等难题。平等是政治哲学的一个核心主题,虽然我们对于道德人格平等、法律平等、政治（选举权）平等都有基本的共识，但一涉及经济平等或社会平等，人们马上就会分化成针锋相对的阵营。可以想象，冬眠技术的出现一定会进一步加剧平等难题的困境。比起外星人入侵，冬眠技术出现在人类生活中的可能性看起来要大得多。如果在不远的将来，真的发明了冬眠技术，可以让人以冬眠的方式直接进入到未来的技术发达时代，从而有机会使今天无法治疗的疾病得到根本治愈，大幅度延长寿命，并享受到今天无法享受的高科技便利生活，那么谁有资格享受这种冬眠技术？可以想见，这种冬眠技术很有可能非常昂贵，显然财富是一个门槛，把大多数人挡在了外面。但是，迄今为止，在财富可以实现的目标中，并不包括实质性的寿命延长，亿万富翁不见得比平民百姓活得更久。但是如果某种昂贵的技术真的可以实现用得起就活得长的效果，那么人们在经济平等问题上的争论一定比今天更加激烈。

四

《三体》是一部构思恢宏的小说，在三体人入侵的危机笼罩下，很多根本性问题变得空前突出，像个体的生与死、群体的存与亡、地球的兴与毁，乃至宇宙的在与灭，这些不同层面的终极问题都被抛了出来。这就为我们思考有关的政治哲学问题设置了富于启发的情境。事实上，很多小说的极端故事场景都具有政治哲思意义，例如笛福的《鲁滨逊漂流记》对于我们理解现代人在脱离了一切传统纽带之后形成的孤独精神气质，乔治·奥威尔的《一九八四》和《动物庄园》对于我们理解极权主义的可怖和自由的价值，库特·冯内果的《哈里森·伯格朗》对于我们理解绝对平等主义，都是不可多得的素材。在这个意义上，《三体》具有同样的价值。除了我们前面讨论过的那些小说情节与政治哲学主题的关联之外，还有像“思想钢印”与“思想自由”的关系，“章北海刺杀航天系统高层决策者以改变太空飞船研制的战略发展方向”与“目的证明手段正确”的关系，“星舰地球的建国时刻”与“何种政体是最佳政体”的关系等，都有很大的讨论空间。

反过来说，政治哲学的思考也常常需要伟大小说惯有的想象力。很多政治哲学的重要理念都带有生动的故事场景感，比如，当霍布斯说“自然状态就是一切人对一切人的战争状态”，卢梭说“谁第一个把一块土地圈起来并想到说：这是我的，而且找到一些头脑十分简单的人居然相信了他的话，谁就是文明社会的真正奠基者”，麦迪逊说“如果人人都是天使，就不需要任何政府了；如果是天使统治人，就不需要对政府有任何外来的或内在的控制了”的时候，我们的头脑中很容易浮现出一幅幅故事画面。笔者甚至觉得，有些较为严肃的政治哲学构思，如果能够辅以这样的故事情节感，也许能更好地为人所理解。举例来说，我们可以尝试把罗尔斯的原初状态和无知之幕的概念设想为这样的场景：一群准备到人间去投胎的小天使，在下到凡间之前坐下来开会讨论，他们将要降生其中的世界要有怎样的正义原则来规范其社会基本结构，才能算是一个理想的正义社会。由于这些小天使并不知道自己将会投胎到哪家，自然也就不知道自己未来的天赋能力、家庭背景、社会地位，也不知道自己会有怎样的人生观和性情取向。于是，无知之幕的思想实验效果在这样的故事场景中就自然达成了。

当然，小说毕竟是小说，一般来说，我们不可能用小说的叙事来代替政治哲学的讨论。但是，像《三体》这样的优秀小说能够把政治哲学的重大论题深刻地蕴含在曲折生动的故事情节中，让我们在愉快的阅读体验中生发出对有关根本问题的反思，确实是匠心独运、不可多得的佳作。这部科幻小说的技术内容很有可能会随着时间的推移而显得过时，但它的思想内容却将为其锁定不朽的经典地位。

（原载《读书》2016 年第 3 期）

“冷战”的孩子

——刘慈欣的战略文学密码

王洪喆

德国汉学家瓦格纳（Rudolf G. Wagner）在1985年提出一个假说，认为中国自1978年以来爆发式流行的科幻小说是一种知识分子群体的“游说文学”（science fiction as a lobby literature）。瓦格纳发现，不像同时期外国科幻小说常呈现未来社会的各个部分（阶层），中国改革开放初期的科幻故事重复讲述的，是在远离了“阶级斗争”和“生产斗争”的边疆飞地，科研工作完全不受政治干预和资源限制地开展，同时在科学家主人公以外，政府、党、军方、工农都未扮演任何角色。因此瓦格纳认为，新的科幻文艺是这样一种文学：通过描绘科学家在未来社会中所扮演的主导角色，来展现知识分子群体对科技兴邦的诉求。

然而在20世纪80年代，科幻文艺作为“游说文学”的矛盾在于，一个知识分子从政治运动中解脱出来的时期，也恰恰是国家科技预算大幅削减，尖端技术项目纷纷下马，武器和战略工程的“飞地”难以为继、逐步瓦解的时期。换句话说，使得科技工作者告别革命、挣脱政治枷锁的游说力量在带来“科学的春天”的同时，也带来了“买导弹的不如买茶叶蛋的”“脑体倒挂”“以市场换技术”。

因此，当《三体》这样的故事，想要在现实历史的时间轴中检索出一块资源无限供给的飞地以安放一个地外生命搜寻项目，并以此开启另一条时间线时，这个另类历史的现世接口便只能安放在六七十年代。而现实历史也正好终止在红岸基地的解体，即刘慈欣所提示的80年代国防预算的削减。其后，故事就进入了与现实平行的另类未来。

冷战与“文革”，这段20世纪内部尚未被充分书写和打开的时空褶皱，在刘慈欣的科幻文学中向我们展露了其危机与可能性并存的复杂面貌。不同于80年代的科幻小说与过往的诀别，《三体》作为一个架空历史故事，从一开篇就是一段从“冷战”与“文化大革命”中派生出的替代性未来史，就其对我们原有历史和文化经验的扰动而言，《三体》可算是一部十足的“冷战朋克”“‘文革’朋克”——在传统的建制性“文革”叙事中插入冷战元素，将历史的主舞台从城市政治运动转向大兴安岭深处的战略飞地和异端个体。沿着这条线索，由“红岸”和“地外生命搜寻”入手，考察这些冷战年代的科幻设定在20世纪的起源为我们提供了一条打开《三体》的知识图谱和文化感觉结构的可能路径。

与地外文明接触的尝试，串起了从古代通灵术到现代射电天文学的隐秘联系。在19世纪末，叶芝所在的秘密会社"黄金黎明隐修会"（Hermetic Order of the Golden Dawn），已有借助"以太"和塔罗仪式进行太阳系通信和旅行的活动，而剑桥大学卡文迪什实验室（Cavendish Laboratory）在当时已经聚集了一批研究以太和灵媒的物理学家，在"二战"后成为射电天文学的重镇。可见在利用无线装置从噪音中搜寻交流的可能性这一点上，维多利亚时代的灵媒学与20世纪的地外智能搜寻具有亲缘性。二者都希望和他者的接触是可能的，两种研究的对象都是人最痛切的关怀：哀悼、孤独、与死者和远方的接触。

与异类交流的渴望折射出人类对自身群体中异质性的焦虑，而这种恐惧恰恰在冷战的阴影中达到高潮，事实上NASA生命科学部门地外生命搜寻（SETI）的第一波浪潮"奥茨玛（Ozma）工程"的历史基本与冷战重合（1959—1978）。而为了保证项目的国会预算，在冷战战略部门和科研机构中拥有多重身份的科幻、科普作家卡尔·萨根起到了关键的游说作用。他描写SETI的科幻小说《接触》荣登1985年全美畅销书排行榜第七位，小说1997年由导演罗伯特·泽米基斯搬上大荧幕，成为与同样出自他手的《回到未来》《阿甘正传》并称的主流美利坚故事。

相应地，对于地外生命可能存在形式的探索，也就逻辑地派生自应答、安置和驯服他者的帝国知识。正如扬·梅杰

(Jan Mejer)在他1985年的文章《迈向宇宙社会学:异形的构造》中写道,最早有关异形的接触经验可追溯到欧洲殖民者对“第三世界”的扩张,对于欧洲人来说,土著是一种非人(non-human),建立在这种框架下对于原始人的初民想象,反映了欧洲帝国文化的宗教哲学,进而将自身的社会问题投射到神话学式的解决方案中。因此,对冷战两大阵营而言,外太空既是充斥黑暗他者的未知领域,也是可能取得资源、治愈旧症、重获文明生命力的“新边疆”。

“红岸”与“新边疆”同源的证据,来自冷战时期阵营另一侧的苏联。在60年代的苏联学界,宇宙社会学的最早建构,是多个有社会科学取向的地外文明研究方向的统称,比如地外文明的形成条件与可能形态、与其接触的预期情景及其后果、未来太空殖民中人类如何与地外文明共存,以及星际旅行和空间研究对人类社会自身的影响。苏联天体物理学家卡普兰(Samuil Aronovich Kaplan)于1969年编写了这一领域的首部文集《外星文明:星际交流问题》,后由专门为美国翻译苏联科技情报的“以色列科学翻译计划”(Israel Program for Scientific Translations)在NASA内部出版。卡普兰在开篇的导论中将宇宙社会学与宇宙生物学进行了对照性定义:如果宇宙生物学研究生命在地外环境下的起源和进化,则宇宙社会学要研究智能文明在此条件下的起源和发展,这一方面要借助对地球文明起源和成长的认识，另一方面要借助地外文明搜寻所可能获得的数据。

可见，地外社会学从一开始的主要目标，就是帮助理解和解决冷战时期的地球事务。早在1961年美国首席智囊布鲁金斯递交给NASA的报告中，就提出了空间探索对于美国战略研究可能起到的广泛推动作用，报告建议NASA考虑开展关于和平利用空间的社会、经济、政治、法律和国际关系方面的广泛研究。在报告的最后专设一章梳理地外文明接触对人类社会的可能影响，报告认为：地球人是否可从此种接触中获益是个悬而未决的问题，文化人类学的大量案例显示，当一个社会被迫要与一个完全陌生的、持有不同价值观的文明接触时，往往发生的是自身的崩解，而另一些在此种经验中能够幸存下来，也总要付出惨痛代价，导致文明价值观、态度和行为的剧烈转变。

报告认为要通过持续的历史和经验研究，考察不同国家人民及其领袖在面对突发事件和完全陌生社会压力时的应对行为，哪些因素会影响到原始社会暴露在先进文明面前时如何招架，而这些不同会导致其中一些文明更加繁荣、一些苟延残喘、另一些直接灭亡。这类研究会给未来与地外文明的接触和斡旋提供对策，同时将帮助美国决定如何将这些信息透露给公众，或在多大程度上有所保留。

在70年代，美国人类学会牵头召开了多次以“地球以外的文化”（Culture Beyond the Earth）为主题的会议来讨论地外生命搜寻的文化效果，卡尔·萨根和阿西莫夫等科幻作家和他们的作品深度卷入了这些讨论。这些跨学科对话重点研讨与不同地外文化间的接触对于人类社会的可能影响，以及对“费米悖论”的各种解释路径。面对浩瀚星空中的“电磁静默”，学者们需要对智能生命为何不与地球联系给出合理推论。其中“动物园假说”认为地外文明已经在使用微型探测器观察地球，就像在观赏和研究动物园里的动物，这一情境从阿瑟·克拉克的小说《童年的终结》中获得启发，在这部1951年的作品的开头，外星文明对人类持续了数千年的观察，在人类即将飞向太空时降临地球，终结了意识形态对峙、军备竞赛和冷战。而另一种“死亡探测假说”则认为，具有猜疑和惧外特征的文明为了创造生存空间，可能一直在使用星际级武器系统性地消灭宇宙中的其他高等文明。这几乎是萨伯哈根在60年代《狂暴战士》系列故事的升级版，小说创造了一种可以自我迭代的人工智能，在宇宙中巡航猎杀智能文明，而飞出地球的人类后裔“太阳系人”成为宇宙中唯一具有情感、终结狂战士的正义种族。

这些宇宙社会学和人类学模型与其说在研究外星人，不如说是冷战军事对峙博弈的外太空操演。事实上在核威慑的暗影下，自50年代针对“核冬天”的情景战略工作，科幻作者跟国防部门、工业界人士、社会科学家已经被组织在一起，进行预测未来的跨学科对话和实验，其后衍生出大量如《疯狂麦克斯》的“废土文学”。而坎贝尔主编的科幻刊物《惊奇故事》在“二战”中一度遭到国防部门的严密审查，因其在1945年8月前刊登了一篇精确预言广岛原子弹打击的作品《死线》。可以说，作为在战争中针对未来的情景写作者，科幻作家堪称不确定时代的面壁者和破壁人。

因此，后世的未来学者认为，以阿瑟·克拉克为代表的美国黄金时代科幻写作，实际上是一种“应用文学”（applied fiction），因为它们不仅启迪了军事技术创新，还引发了关于未来朝向的社会对话。这不是对文学本体的缩限，而恰恰是对文学边界和社会功能的延展，科幻作家和他们的作品曾经占据了一种非同寻常的社会位置，沟通了通俗写作、纯文学、国防政策、科技创新和社会科学等多个场域。

被称作“中国克拉克”的刘慈欣，以宏大三部曲向我们展开人类与三体人之间的千年战争史诗，不经意间成为20世纪冷战这一段特定历史时期的政治和文化逻辑在未来舞台上的再次展演——三体游戏是一个反复进行的多人情境创建，而四个“面壁者”就如同四个战争替代方案的科幻写作者，未来史学派则几乎复制了冷战中的跨学科战略智囊工作。纵贯全书的主线，外星人既是挑战人类本性的终极他者，也可能触发救赎人类文明的未来通路——这正是冷战构造的核心特征，在危机四伏的“黑暗森林”中反求诸己。

作为冷战与“文革”的孩子，借由“东方红”与“煤油灯”、“红岸”与“地外文明”的寓言，刘慈欣从 20 世纪的动荡、匮乏与超越性中开掘出的科幻道路，始终是一种在不连续时代试图书写和把握历史连续性的努力。而成就这个中国幻想故事的社会心理和文化记忆，是在“文革”历史中尚未被命名或获得承认的部分，在这歧义丛生、晦暗不明的地球往事里，长久缺席的中国经验被得以书写。

阅读《三体》的快感带给我们一个可能的思考，个体的想象力从来都是具体的、历史的产物，生成于特定时代的感觉结构和知识谱系中。由此，激活社会想象力的工程，即是激活一个社会自身历史与文化自觉的工程。

在一个健忘的时代，重新接续历史和未来的引线，20 世纪的丰饶正待叩访。

（原载《读书》2016 年第 7 期）

光荣中华：刘慈欣科幻小说中的中国形象

贾立元

在同代科幻作家中，刘慈欣虽登场较晚，却迅速崛起成为领军人物。当其同行还在努力对传统科幻进行全方位颠覆时，刘慈欣却以建构性的姿态，凭其对宇宙宗教般的情怀、对科学的浪漫主义书写与对人类自强不息的英雄赞歌征服了大批科幻迷。他被认为"成功地将极端的空灵和厚重的现实结合起来，同时注重表现科学的内涵和美感，努力创造出一种具有中国特色的科幻文学样式"。那么,何为"中国特色"？它与"科学的内涵和美感"有何关系？他笔下那些代表宇宙神秘与人类智慧的巨大物体所展示的激情与崇高，又怎样参与了"厚重的现实"？

"雄浑"与"崇高"

"崇高"（sublime）是西方美学的一个重要范畴。当人在面对体积庞大、力量强大、壮丽无限的事物时，会体会到一种强大异己力量的威胁，因而产生恐惧的痛感，进而爆发出大胆反抗和挑战精神，于是产生了崇高感，这无疑是建立在主体与客体对立基础上的。与之相对，中国美学中的“雄浑”则强调主体与客体的和谐统一，是主体化入客体的伟大与豪迈。曹顺庆认为，两者之不同源于东西方社会形态差异：西方社会经济更具有商业性特点，商人在旅途中遭遇自然界的险恶，激发出用智慧去了解和战胜自然的勇气；而中国社会经济更具有农业性特征，人们的生计全靠大自然赐予，故强调人与自然之间的和睦，讲究效法天，避免因个人的道德败坏导致灾害。通过认定人与宇宙同构，将自然现象予以伦理解释，中国人就不需要向外去探索“真”，而只需向内求“善”，并将其在社会中予以实践，在内圣外王的理想中获得最高满足。这种愿望固然美好，但难说不是一种面对无情自然和混乱世相的无奈与机巧，虽有其历史合理性，但在见识了现代物理学的宇宙图景的今人看来，就颇有逃避真实的味道而近乎妄想了，其发展到一端，不免产生迷信。

实际上，即便是“雄浑”，也被儒家套上了“发乎情，止乎礼”的紧箍咒，于是连屈原、苏东坡、辛弃疾等人的作品也要遭人诟病。这不难理解：当“和”的要求从“天—人”转向“人—人”，也就必然推出“克己复礼”的道德自律，它与封建开明专制互相诉求，互为支援，因此不可能给粗犷豪放的作品和自由奔放的情感宣泄留下多少余地，也就可能束缚了人的生命力和创造力。道家虽提倡天地之大美，但“大”的根本是“道”，而“道”的根本是“无”，因此最终也要以“无”“静”“退”“柔”为尚。这样，不但现代科学的探索欲与理性精神无从诞生，就连自强不息的阳刚之气，也有进一步沉沦为柔弱而不思进取的危险。因此，鲁迅才说中国诗“无有为沉痛著大之声，撄其后人，使之兴起”，故而“说到中国的改革，第一著自然是扫荡废物，以造成一个使新生命得能诞生的机运”。也就是要激活古老绵软的病危躯体中近乎垂危的“雄浑”，使之蜕变出新的、健康的民族主体。这样看来，“五四”一代错失科幻，实为时势所迫。

但对主体“力”的恢复容易走入另一个极端。塑造强势、夸张的主体形象是现当代文学的重要内容。这种“崇高”虽建立了主客二元对立，有征服自然的雄心壮志，但主体面对宇宙时毫无惧色，高大得不可思议，反倒与古人“盈天地之道都已在掌握中”的狂想更为接近。新中国成立后，人们普遍接受唯物主义教育，个体被整合进集体事业中，沉浸于“人定胜天”的乐观之中。工业化浪潮下的“十七年”科幻充满了科技无往不胜的憧憬，自信掌握了真理的无产阶级主体发出强大的辉光，把宇宙的神秘照得无所遁形。到了“新时期”，在《飞向人马座》和《战神的后裔》这样的作品中，宇宙虽露出凶险之相，但我们的建设者仍能取得几无悬念的斗争胜利。

当先锋文学对主体去崇高化时，崛起于90年代的科幻作家也开始调整这种失衡的主客关系，宇宙的浩渺和神秘得到了大规模恢复，终于确立起令人恐惧的绝对地位。科幻作家韩松认为，科幻不但打破旧的神权，也建立新的神权，“这就是神秘，这就是未知，就是对人生和宇宙的终极关怀，一种可以平衡科学的宗教感”。在刘慈欣那里，宇宙既冷酷又迷人，“真”具有自足的价值，“善”不足挂齿，人类微不足道，但又因其能够认知“真”而伟大，因进取而崇高，因失败而悲壮。他所展现的恢宏未来，正宣示着人类的光荣与梦想。

空灵思想与沉重肉身

年轻时第一次读完克拉克的《2001：太空漫游》后，刘慈欣感到一种“对宇宙的宏大神秘的深深的敬畏感”：“在壮丽的星空下，就站着我一个人，孤独地面对着这人类头脑无法把握的巨大的神秘……从此以后，星空在我的眼中是另一个样子了，那感觉像离开了池塘看到了大海。这使我深深领略了科幻小说的力量。”

刘慈欣曾半开玩笑地修改了康德的墓志铭：敬畏头顶的星空，但对心中的道德不以为然。康德为了让人类在宗教丧失权威之后的世界里仍然能够回答宇宙的目的及人类应根据何种法则行动的问题，在星空之外，又提出内在于人的道德律令，认为只有作为道德本体的人的自然存在，才是整个自然的最终目的和归宿。然而，刘慈欣却认为“善”乃是人间的法则，它虽有益，但并非是超历史的存在，“人性其实一直在变。我们和石器时代的人，会互相认为对方是没有人性的非人”，况且，“传统的道德判断不能做到把人类作为一个整体来进行判断”，一旦整个文明陷入生死存亡时，道德的准则可能会陷入困境。因此他把“善”的问题抽离出去，强调“真”的至高无上。这在《朝闻道》中达到了极致。人类为了获得宇宙大统一模型而造了超级粒子加速器，因实验将导致宇宙灭亡而引来更高智慧的“排险者”予以阻止。排险者曾接收到上一轮宇宙中智慧生物以宇宙毁灭为代价而获得的终极真理，但不肯告诉人类。感到“整个宇宙顿时变成一个巨大的悲剧，余生已无意义”的科学家想出折中之法：排险者告诉他们终极奥秘，十分钟后再将他们毁灭。于是一批批人类精英走上真理祭坛，看到自己毕生都梦想知晓的答案后，在强光中化为美丽的火球飘逝而去。元首的劝阻、子女的哀求、情人的自杀，都不能阻止他们用生命来交换十分钟的真理。“当宇宙的和谐之美一览无遗地展现在你面前时，生命只是一个很小的代价。”排险者更宣称：随着文明的进步，“对终极真理的这种变态的欲望将成为整个宇宙的基本价值观”。

如前所述，中国文化缺少的不是“道德律令”，而是“敬畏星空”。因此，刘慈欣以如此直白而极端的方式，将孔子的“道”改写为“真”，就有了革命色彩：在他看来，对宇宙的麻木感充斥整个社会，他试图通过对《2001：太空漫游》的模仿，来引发中国读者对星空的兴趣，去星空寻找那超越现实的价值——“像水晶，很硬，很纯，很透明”的宇宙的空灵之美。这恰恰意味着，这空灵之美不可能像在克拉克那里仅在超现实的维度上展开，它同时受到现实的牵引。“在中国，任何超脱飞扬的思想都会砰然坠地的，现实的引力太沉重了。”长年生活在基层的刘慈欣对中国的贫穷和落后有着深刻的体验，因而视科学为将人从蒙昧与苦难中解放的力量来推崇，“中国的科学权威是很大，但中国的科学精神还没有”。

这种努力得到了读者的认可。在《带上她的眼睛》里，一艘钻入地心的“飞船”发生故障，女驾驶员只能在几千公里深的地心中独自慢慢死去。这个故事引发了读者的热情讨论，不过他们更关心飞船会否因为浮力不够而沉入地心的技术问题，而少有人对飞船中女孩的痛苦有兴趣。在韩松看来，这样的讨论似乎“无情无义”，却给中国的未来带来希望。“什么是必须尊重科学呢？没有比科幻解释得更清楚了。那就是必须承认世界的残酷，承认有一个冷冰冰的法则在支配一切，它对所有人都是一视同仁的，这里面绝对没有半点价钱可讲，没有半点人情可以通融……当代中国绝对很需要这种理念。”这是一种西方式的残酷，“如果，有更多的国民，都能这么执拗甚至偏执地把讨论科学技术的细节问题当作生活中的乐趣，而且有能力讨论这些问题，则我们的国家将不再像现在这个样子”。刘慈欣也说，“对作品硬伤的重视是中国科幻评论的一个特色。这是件大好事，它首先说明，不管目前对科幻的定义有多少种争论，在数量并不少的高层次的读者心中，科学仍是科幻的灵魂”。

因此，尽管科学本身是最国际主义、最超脱世俗的，却在成长于红色年代的刘慈欣身上与一种公民对所属政治共同体的责任感奇妙地结合在一起，那最空灵的幻想无法不与中国最现实的创痛关联在一起。《地火》设想新的技术终结了煤炭开采带给现代中国的种种危害。《乡村教师》里，生命垂危的教师临终时还在向最贫穷愚昧的角落里的孩子们讲授牛顿力学三定律。《中国太阳》里，水娃从黄土地到大城市再到人造太阳及最终踏上向宇宙深处探索的人生之路，不但是靠自己的努力摆脱了物质贫穷的过程，更是一次次的思想蜕变之旅。他最终把对星空的理想反馈给人类，这正宣示着古老农耕民族的觉醒和新生，它将不仅仅实现自己的复兴与强大，更将成为人类进步事业的继承者和先锋军，谱写一首太空时代的崇高诗篇。

可见，尽管刘慈欣强调科幻的魅力来自于科学而非文学，他所塑造的一系列大尺度意象，却都和其笔下的球状闪电一样，“只是一个科幻文学形象，为演绎科幻的美感而诞生，不应被看作是对这种自然现象基于科学的一种解释……小说中的解释不是因为它最符合逻辑，而是因为它最有趣最浪漫”。“刘慈欣虽然尊克拉克为师，但在这里，与信奉进行彻底的科学考证的克拉克不同……与其说这部作品（《球状闪电》）是在逻辑思维的基础上突破常识的想象，倒不如说是飘逸洒脱、放纵恣肆的幻想更合适些。”因此他“并不在乎理论上的硬伤，而是像一位艺人那样，不断创造能够实现中国的梦想的新技术、新机器，不断创造让读者感受到快乐的作品”。换句话说，真正为他赢得读者的，与其说是一种冷酷的理性，不如说是如粒子风暴般扑面而来的澎湃激情，以及笔下人物的命运抉择。那些无畏追求真理的故事都是中国故事，它们展示的与其说是“真理”本身的“美”，不如说是现代中国对科学的浪漫想象与对未来的自我期许——一种自强不息的古典豪迈与现代科学理性精神的嫁接。

不过，比起历史上中国科幻有过的辉煌，刘慈欣的响应者实在不算多。或许是为了改变局势，从 2006 年起他便极少发表短篇，而将全部野心付诸《地球往事》系列（以下简称“往事系列”）。该系列架构宏大，设置大量刺激性的符号和极富悬念的情节，将中国历史与宇宙空灵和残酷相融合，去吸引更多读者，但也由此造成了文本内部的断裂。凡此种种，令它们的创作与出版成为近年来中国科幻界的重要事件。

“地球往事”与“光荣中华”

往事系列前两部近50万字，以历史学家的口吻讲述了跨越四百多年的“往事”。《三体》讲述叶文洁因“文革”和环境危机而对人性失去信心，参与军方探寻外星文明的绝密计划“红岸工程”，利用太阳向宇宙发出信号，请求半人马座三星上的三体人来地球治理人间的罪恶。因三颗恒星的运动规律无法预测，历尽劫难苦苦挣扎的三体文明具有高度的侵略性，在接收到叶的信息后远征地球，并通过“智子”干扰人类基础物理学领域的实验结果以锁死地球的科学进步。《黑暗森林》讲述地球人在三体舰队到达前的四百年时间里试图通过包括“面壁计划”在内的各种方案来予以对抗，最终中国学者罗辑领悟到“黑暗森林”法则而以“同归于尽”为要挟迫使三体舰队离开。

匪夷所思的“智子”锁死了人类的基础科学探索，也就将故事重心锁定在了科学以外的道德。罗辑最终取胜的法宝并非科学而是“宇宙社会学”：由于“生存是文明的第一需要”以及“文明不断增长和扩张，但宇宙中的物质总量保持不变”，因此每个文明都必须如林中猎人般幽灵似的小心潜行，如果他发现了别的生命，由于“猜疑链”和“技术爆炸”的可能性，为免除后患只能开枪消灭。在这片“黑暗森林”中，他人就是地狱，任何暴露自己的文明都将被迅速消灭。这一残酷的宇宙图景昭示着作者的双重野心。

首先是思想方面的野心。尽管对道德不以为然，但当把“善”抽离后，刘慈欣也和康德一样面临着目的论的困扰。在《朝闻道》里，霍金最后一个走上真理祭坛，问“宇宙的目的是什么？”即使是已获得终极真理的“排险者”也无法回答。于是，刘慈欣所谓的“道德的尽头就是科幻的开始”也就被他自己颠倒为“科幻的终极又是道德追问的开始”。在“往事系列”里，他不再无拘束地放纵想象力来单纯地展示科学的美，而是试图做一次有力的思想实验：“如果存在外星文明，那么宇宙中有共同的道德准则吗？……我认为零道德的文明宇宙完全可能存在，有道德的人类文明如何在这样一个宇宙中生存？这就是我写《地球往事》的初衷。”实际上，由于排除了“上帝”这一至高权威和仲裁者，价值观彼此冲突的现代人如何能够安排一种政治生活成为现代思想界争论的关键问题之一。有没有能被所有人都接受的“善”？“权利”和“善”究竟何者优先？这一人间难题被刘慈欣以科幻作家式的杞人忧天拓展成“星际伦理”，既有现实意义又极富飘逸色彩。

其次是美学方面的野心。刘慈欣一再强调，科幻最终要得到的不是科学家想要的精确和正确，而是小说家想要的美感和震撼。因此，设置零道德宇宙的目的在于引燃想象，没有必要、更没有能力去追求真实。与其说,“黑暗森林”是对“宇宙社会学”的严肃思考,不如说它只是为了迫使人物做出异乎寻常的举动,驱动故事导向令人惊愕的发展方向和结局，其中种种冒犯了读者道德直觉的黑暗情节，“只是科幻而已，不必当真”。

无疑，两种野心间存在一定的冲突，并导致《黑暗森林》不严密、诸多情节存在漏洞、人物单薄、叙事不流畅等文本症结。《三体》最初在2006年连载于《科幻世界》时，以1967年的武斗场面开篇，以物理学家叶哲泰坚持真理不肯向非理性的狂热屈服而被批斗致死，为其女儿叶文洁日后的冷酷之举奠定动机，这也预示着随后开启的零道德宇宙残酷剧中必将牵扯进中国的历史记忆以及对当下和未来的想象。然而,《三体》单行本却以2007年数名科学家因基础物理学实验中不合逻辑的结果而崩溃自杀的神秘事件开场，尽管内容上并无变化，但显然突出了文本在从面向科幻圈转向一般公众时所看重的“悬念故事”这一商业属性，而这种对阅读快感的追求必然会消解历史反省和思想实验的力度。

不过，也正是对阅读效果的追求，使刘慈欣设法去解决一个长期困扰中国科幻界的难题：如果外星人占领地球，执政党会怎么办?

长期以来，中国作家无法很好地处理这个问题，只能充分发挥科幻“逃避”现实的功能，将故事设定在与现实无甚关联的时空，或讲述发生在局部地区或境外的个别事件，而政府将如何应对未来的种种变故，则被有意无意避开，未来的中国形象因而一直模糊不清，可信性大打折扣。《地球往事》系列极大地改变了这种局面：在三体文明引发的人类文明危机中，由共产党领导的中国力量以正面的方式登场，以符合人们想象的方式行动，起到至关重要的作用。该系列能引发科幻迷热议并在圈外取得一定影响，正和这一点有莫大关系。

通过把人类推入一个非常处境，刘慈欣聪明地以非常时期的中国反应来侧面展开未来想象，其核心有两点：外星人的事，中国人早就想到了；一旦来犯，中国人将以中国式信心和智慧战胜外星人。而故事里最重要的四个人物都是中国人，正体现着作者的中国想象。

叶文洁显示着刘慈欣对于理性的复杂态度。对人性失去信心的她以冷酷的理性引来了三体人。她领导下的叛军大多是精英分子，习惯于站在人类之外思考问题，成为人类文明在自己内部孕育出的异化力量。这是一种由理性导致的对理性的绝望，它放弃了启蒙主义对人类的信心，重新决定为人类请来一位准上帝的外在约束者，可以说是现代理性的自我背叛。这里，刘慈欣既颂扬科学家追求真理的精神，认为“他们用自己的智慧为人类社会做出的贡献，是任何人都不可替代的”，并对非理性的狂热提出批判，但也对人类理性的脆弱面做出反思，故而又设计了史强这一角色。

警察史强劣迹斑斑，有道德缺陷，粗俗，从未仰望过星空，不去想终极问题，却具有世俗智慧和原始生命力，观察敏锐，果敢决绝，具有极强的行动能力。他一针见血地指出，一旦科学家被误导着往歪处想，就变得比一般人还蠢。不妨视他为思想者的补充：科学家依靠理性行动，追求少数人才能获知的“真理”，史强则凭借多数人都拥有的“常识”，以顽强的技能求得生存。当人物因为理性的溃败而摇摇欲坠时，史强就如定海神针一般来稳固理性者和读者的信心。科学家汪淼因为智子制造的不可能的物理学幻象而接近崩溃并痛哭时，大史便大笑着出场，以一系列动作展示出惊人的自信和能量，给读者带来一股安全感。他认定“邪乎到家必有鬼”，告诉汪淼“要保证站直了别趴下”，于是汪淼的世界“又恢复了古典和稳定”。在《三体》的结尾，两位科学家得知人类因为“智子”的干扰而只能如虫子一般等候宰杀，都陷入了绝望，大史则斥之为“熊样儿”，并带领他们去见识蝗虫肆虐的景象，使后者领悟到“虫子”的顽强并重获希望。随后，他又一次次大显身手并通过冬眠技术跨越到两百年后，数次拯救罗辑的生命，继续稳定着未来世界，因而成为最出彩的角色之一。

另一个极富人格魅力的无疑是章北海。作为太空军舰队政委之一的他，“信念坚定，眼光远大又冷酷无情，行事冷静决断，平时严谨认真，但在需要时，可以随时越出常轨，采取异乎寻常的行动”。为了推进未来太空军的发展方向，他不惜精心策划太空暗杀，除掉影响决策的保守“老航天”。在他的同事都从技术决定论出发产生沮丧情绪时，章北海对以人的主观能动性赢取未来战争的坚定信念不禁使人想起老一辈无产阶级革命家对中国革命的必胜信心。不过，他必胜信念的背后却是理性判断：在科学进展停滞的前提下，人类与三体人正面碰撞必败，因而他才伪装成必胜信念者以寻觅机会，利用冬眠技术来到两百年后，成功劫持一艘太空舰逃离，为人类保存文明火种。其思想隐藏之深，耐心之足，行动之果决无法不令人侧目，不禁使人想起共产党领导的政权曾经一度退守西北的高瞻远瞩和忍辱负重。当两百年后的新人类对他以船员为人质劫持太空舰的行为表示震惊和不解时，他淡然地说：“没有永恒的敌人或同志，只有永恒的责任。”以“同志”和“责任”这两个字眼儿对丘吉尔名言进行的这一改造，向读者巧妙地传递着关于中国的革命历史记忆与未来想象，打动了一大批科幻迷。

罗辑则是一名不合格的三流学者，缺乏探索欲、责任心和使命感，投机取巧，哗众取宠，贪污过研究经费，对人类的命运并不在意，但他在莫名其妙地被选中为“面壁者”后，竟能气定神闲地置之不理，利用特权令自己逍遥快活，其玩世不恭的背后又暗示着一种处乱不惊的气魄，而在被迫思考时竟凭借悟性领悟到“宇宙社会学”的基本法则而忍辱负重并最终成为救世主。

这四个有道德缺陷的人物，在特殊的情势下，以人类文明之名而获得了同情，挑战了读者的道德观，引领他们思考超出道德底线的行为是否可能是一种必要的措施，并暗示读者：不管在未来遭遇何种异乎寻常的困境，我们中国人以及全人类都应该也只能以理性的精神、顽强的信念、狡黠的智慧、必要时不择手段的果决与冷酷以及临危不乱的从容不迫来捍卫人类文明的生存和发展的权利，中国人百年自强的历史经验与中国作风将在其中起到积极有效的作用。

除了人物，往事系列还调用了大量的文化符号，以更直接的手段来强化读者的情感认同。“红岸基地”这一“令人难以置信的时代神话”让人不得不“佩服‘红岸工程’最高决策者思维的超前”，史强等人也一再使用“上面”“上级”等暗示普通读者无法接触到的中国最高领导者们的明察秋毫、英明果决。“唐”号航空母舰未曾出海就被迫退役的失落，中国太空军这一军种及其有“八一”两字的军徽，亦鼓动着中国读者的神经。当章北海在冬眠两百年后苏醒时，地球上各大国都已衰落，代之崛起的是作为政治实体的三大太空舰队，尽管没有交代彼时中国的具体情况，但读者仍能与章北海一道，在亚洲舰队司令官那句“接到任务先说不行，这不是我们的传统吧”中感受到中国革命精神与力量跨世纪的薪火传承。太空舰队集体覆灭证明了章北海的远见卓识，而像婴儿一般被残酷地抛向宇宙深渊的新人类感受到这名来自古代军人身上的父亲的力量，后者沉稳的目光像一个强劲的力场维固着阵列的稳定。也正是他和史强所代表的“传统”，跨越了时间，稳固着在文本中被略过的两百年所造成的过去、当下与未来之间的叙事断裂和读者的不稳定感。

以这种科幻独有的方式，刘慈欣不但试图培养和加深中国人“对宇宙宏大深远的感觉”，使他们“对人类的终极目的有一种好奇和追求愿望”，更开启一条通道，使国人长久被困于革命历史叙事的国家认同感终于可以投射进未来的空间，在刘式宇观美学中尽情展开着他们对未来中国的想象与期许，也就较好地解决“如果外星人占领地球，共产党怎么办？”的问题，初步释放了“中国的未来在哪里？”的文化焦虑。因此韩松才称其完成了一个几乎无法完成的梦想：“近乎完美地把中国五千年历史与宇宙一百五十亿年现实融合在了一起，挑战令一代代人困惑的道德律令与自然法则冲突互存的极限，又以他那超越时代的宏伟叙事和深邃构想，把科幻这种逻辑严密而感情丰沛的文学样式，空前地展示在众多的普通中国人面前，注定要改变他们的思想和行为，并让我们重新检讨这个行星之上及这个行星之外的一切审美观。”

当然，“人类在思想史上没有对整个文明的灭顶之灾做过理论上的准备，这本微不足道的拙作也不可能对这点有任何改变，但有人开始想这个问题总是一件好事”。同样，这两本书在中国想象上也不可能达到尽善，它们的缺陷恰也表征着困扰中国科幻界乃至整个文化界多年的若干诸多症结和挑战，不过它的回答在总体上来说已非常出色，在诸多细节上更是令人叫绝，其努力值得肯定。更重要的是，如鲁迅所说：“非有天马行空似的大精神即无大艺术的产生。但中国现在的精神又何其萎靡锢蔽呢？”刘慈欣的最大意义，可能就在于给一个精神萎靡的时代注入了这天马行空似的大精神，因此严锋对他的激赏便不无道理：“我毫不怀疑，这个人单枪匹马，把中国科幻文学提升到了世界级的水平。”

（原载《渤海大学学报（哲学社会科学版）》2011年第1期）

逃离历史的史诗：刘慈欣《三体》中的时代症候

赵柔柔

自 2015 年 8 月 23 日刘慈欣的小说《三体》获得世界科幻大会雨果奖“最佳科幻长篇”奖项以来，“三体热”便在国内的文学界与研究界持续升温。不过，不管《三体》带来了多么鼓舞人心的科幻愿景，可以肯定的是，刘慈欣并不能提供一套大众文化再生产的成功模板：在参差多样的中国当代科幻作家当中，他足够有想象力、足够清晰，但又是特殊的，无法代表或概括中国科幻写作。甚至可以说，他的作品在某种程度上抗拒一般意义的文学批评，因为无论语言、人物、叙事方面还是对历史与现实的再现方面，它们都很难让人十分满意。《三体》（或《地球往事》三部曲，包括《三体》《黑暗森林》和《死神永生》）有如一块璞玉，不时显露出玉石光泽，但所触之处却常常是粗石，虽然能够感知到它的价值并受之吸引，但仅凭目光很难断定它的外形和成色。那么究竟是什么令读者对它爱不释卷，刘慈欣又是用怎样的材质和方式来黏合、搭建起其宇宙想象的呢？

积木式叙事

对于一名普通读者来说，阅读《地球往事》三部曲首先会遭遇的，恐怕是一种叙事上的跳跃感或拼贴感。这不仅仅来自因“冬眠技术”造成的时代的跳跃式更迭，更是存在于许多影射历史的细节当中。其中最为凸显的，是对“文革”历史的叙写与地球叛军“三体组织”的想象。叶文洁的“文革”经历与“红岸”是引发三体危机，进而迫使地球领悟黑暗森林法则并卷入宇宙降维灾难的起点。然而，不难看出，这种再现“文革”的方式是陈旧和平面化的，仍然落在了70年代末伤痕文学书写个人创伤经历的窠臼当中。同样，在地球叛军言必称“我主”、期待“我主降临”“消灭地球暴政”的组织形式上，也可以十分清晰地辨识出一种极度简单化的、以基督教为蓝本的宗教想象。无疑，从叶文洁的“文革”创伤到基督教式宗教狂热，这两者之间的拼贴非常怪诞——文中仅仅简单将“三体运动”的产生与发展归结为“人类文明自身缺陷产生的异化力量、对更高等文明的向往和崇拜、让子孙在终极战争后幸存的强烈欲望”，但这种宽泛的因果联系很难禁得住进一步推敲，即如果说叶文洁的个人经历使她期待三体文明的话，那么为什么会出现一种集体性的对三体文明的非理性崇拜？而在《黑暗森林》中，三体组织的消失也同样突兀、不明所以，仅仅在罗辑冬眠一百八十年后再度苏醒时，由乔纳森轻描淡写的一句话说出："ETO ？地球三体组织早在一个世纪前就已被完全剿灭，现代世界已经没有他们存在的社会基础。"

《地球往事》在很大程度上恰恰是由许多这样的"叙事块"堆积而成，一些"叙事块"包蕴着某种关于社会历史的、如同数学公式般的朴素想象。换句话说，这部被颂为史诗的长篇小说中充满空白与断层，一方面视野与想象极为宏大，另一方面叙事段落的过渡并不顺畅，社会形态的跳跃性也很大。比如三体游戏中的文明更迭，"思想钢印"预设的集权社会等。尽管这些叙事块由一条情节主线串联起来，但它们并不仅仅为情节逻辑服务，也不在意彼此之间的因果连接，相反，它们具有强烈的自我展示欲望，迫使叙事减缓暂停，在一个个相对独立的次级情节中巡回展演。如云天明大脑的远航与回返一段中，既没有言明他在三体文明中的遭遇，也没有交代为何了解人类思维复杂性、并且不理解人类之"爱"的三体人能够允许他与程心见面、讲述童话。这种"积木式叙事"同样表现在科技想象的陈列上：太空电梯、智子、基因武器、量子态地球舰队、水滴攻击、二向箔……刘慈欣毫不吝惜地展示着他瑰丽而恣肆的科技想象力，将这些奇妙的物理构想高密度注入文本，尽可能详细地对它们的原理与效果加以说明。不过，可以看到，对于科技幻想的执着，反而在一定程度上令情节的组织与递进更像是为了展示这些幻想的支架或辅助物，这显然干预了叙事的流畅性。

在此，使用“积木”的比喻，是为了尝试理解刘慈欣粗朴而又引人的叙事方式，避免做一般意义的价值评断。在笔者看来，所谓“积木”是刘慈欣对历史、社会现实与科技未来的思考片段的凝结物，它们在其写作中以相对松散的方式堆积起来，最终形成一个时空跨度都极为宏大的整体。但是，“积木”的比喻也有另外一层含义：它带有某种去历史性，即它将历史扁平化为一个个质地相仿的理念，而非去触及历史本身的复杂地形或具有连续性的历史表述。换句话说，历史之于刘慈欣，有些像是《三体》中“三体游戏”那种怪异戏谑的处理方式，以文明进化的形态存在，而其最终留下的，是一些英雄人物的名字。

破壁者：破除历史之壁

《地球往事》三部曲围绕着地球人与三体人的博弈展开，有趣的是，面对绝对技术优势的三体世界来说，地球人唯一可以与之相抗衡的“武器”是思维，即思想透明而直接的三体人无法理解和模拟地球人在“想”与“说”之间的差异。因此，在科技被全面锁死、也接受三体派来的智子全面监控的情况下，地球人的举措是推选出四名“面壁者”，来独自推断出对抗三体世界的方法。通过简单的公共契约，他们在自己的思维与外界之间树立了无形屏障，亦即他们可以不向任何人说明自己行为的目的来调用大量资源，甚至欺骗也会被认为是“策略”。在小说中，三位“面壁者”都不约而同地选择通过破除人类既有的道德与法律限制来脱困的路径——“人类生存的最大障碍其实来自自身”，因而一经他们的“破壁者”（即地球亲三体群体为了破除他们思想壁障而选出的人）破除障壁,其“反人类”的计划便马上被判定为犯罪，不再受到支持。而只有毫无野心与背景的普通民众罗辑，才会在凝望星空和冥想中顿悟宇宙的终极法则。

正如许多敏锐的读者所感知到的，刘慈欣与“面壁者”罗辑之间有某种对应性：心中充满对爱与美的珍视、抱持人文主义价值，虽没有专业研究者的精深知识，却对基本科学规律有较深的了解和信念,将想象力看作是通向未来的最可靠途径。这个肩负人类未来的冥想者形象,潜伏在刘慈欣全部作品之下,是他自觉认同与扮演的角色。比如，在《流浪地球》中，为了逃避太阳氦闪带来的毁灭，人类将地球自身变为“飞船”,“开”出了太阳系，寻找下一个可能的家园；《地球大炮》则开始于一项争夺南极洲资源的项目——将地球击穿，但结果却意外开启了人类的外太空时代——借地球隧道加速而获得冲破重力的速度；《中国太阳》想象了一个改造国土生态的“中国太阳”，最终更是将过时的它变为开向星辰大海的飞船。在这些短篇小说中，刘慈欣的想象常起步于现实经验，如气候问题、能源危机等，但往往导向超越性、终极性的冥想式解决。这种想象的建构以“人类”作为尺度，既满怀人文主义激情地渴望留下比生存与繁衍多一点的东西，又对现代主义发展逻辑与现代技术充满信赖，而两者的张力与冲撞构成了其叙事的基本动力。

不过，如果将罗辑式面壁者与其他三位面壁者略作比较，会发现刘慈欣的叙事与想象中包含着另一个层面。后者所设想的几种“未来”可能，实际上并不令我们感到陌生。自杀袭击式的量子化军队、集权主义式的思想钢印和同归于尽式的水星核爆——它们与其说是某种新的抵抗形式或战争形式，更不如说是20世纪最为清晰的灾难与创伤——如法西斯主义、人种改造与人体实验、核武器与军备竞赛等——的抽象呈现。因此，在阅读中，读者一方面借由灾难记忆下意识地赋予它们以合理性，将它们看作恐怖但极具可能的未来，另一方面，又借助刘慈欣提供的面壁者罗辑这个安全位置拒绝这样的未来可能，从而获得某种宽慰或象征性解决。换句话说，历史被抽象成为某种通向普遍真理的失败经验，令人恐惧之处是它来自于极端的理性和社会集体的契约，但它又是脆弱而具欺骗性的，一经“破壁”暴露出来便会立刻失效，而在超越人类的三体文明面前更是不堪一击（“主不在乎”——破壁人的回答）。与此相对，刘慈欣将自己投影为罗辑，并指出一条超越和抹平历史的宇宙法则，即“黑暗森林”。值得一提的是，这条法则的提出恰恰标示出刘慈欣写作中最具代表性的矛盾，即理性与非理性的纠缠：罗辑的过人之处恰不在于他的素养，而在于他对爱和美的追求，在于身体中对自己来说都未知的神秘部分——他既是他自己的面壁者，也是他自己的破壁人。

历史这种幽灵般的在场方式隐约提醒我们，当代科幻叙事或许具有一个潜在功用，即将目光从历史转向未来、从此地转向宇宙，以超越性宏观想象逃离 20 世纪的灾难历史——刘慈欣恰以他的纯粹与直率显影了这一点。

逃离历史与重构人文价值

在刘慈欣的小说中，“从本土到宇宙”是常见的叙事模式。《中国太阳》的主角水娃出生于一个贫瘠的村庄，因谋生需要先后到矿区、省城打工，继而走向了首都，成为一名“镜面农夫”，即飞上了太空成为清洁人造太阳镜面的工人，在小说的末尾，当陆海决定利用“太阳光压”将废弃的“中国太阳”改造为太空帆船航向宇宙深处时，水娃自告奋勇担任宇航员，随它一起进行这次无法返归的航程。在人们质疑他的冒险行为的实际效用很低时，水娃回答道，“飞出太阳系的中国太阳，将会使享乐中的人类重新仰望星空，唤回他们的宇宙远航之梦，重新燃起他们进行恒星际探险的愿望”。在其他的短篇小说中，如《流浪地球》《地球大炮》《全频带阻塞干扰》《赡养上帝》等，都清晰地显示出针对本土甚至地球的绝望情境，向太空寻找最终解决方法的模式。航向宇宙无疑是刘慈欣执着的梦，但它是否仅仅是一种浪漫主义式的想象呢？

《地球往事》中显然也存在着相似的结构。叶文洁以绝望的心态向三体世界发射的信息成为一切灾难的导火索，而这条信息的内容是：“到这里来吧，我将帮助你们获得这个世界，我的文明已无力解决自己的问题,需要你们的力量来介入。”“我的文明”无法解决“自己的问题”，这既是叶文洁的创伤经验，又表露着刘慈欣无法摆脱的、近乎偏执的消极判断。分裂、动荡的历史尽管大多以抽象的形态进入叙事，但却是推动他望向宇宙、渴求某种外来力量的动力。或可作为旁证的是，当人类最终面对宇宙中未知的攻击时，从云天明的三个童话中解读出了三个可能的防卫计划，即掩体计划、黑域计划与光速飞船计划。其中前两个以保存地球和太阳系为目的的计划都不同程度地失败了，只有借助光速飞船才勉强保留了最后的人类，以见证宇宙的降维甚至终结。无疑，逃离与放弃，是刘慈欣给出的唯一解决，是从 20 世纪的种种灾难以及今天纠缠复杂的困境中解脱出来的途径。

因此，“逃离地球”或许是一个时代症候，其内核在于逃离历史，逃离那些仍未获得解释、仍未得到治愈的创伤经验。有趣的是，几乎拒绝“人类文明”的刘慈欣却常常表达出对一些朴素的人文主义价值的认同。比如，“执剑人”程心的柔和与宽容间接毁灭了地球文明，但这种“错误”显示出了人类与三体人之间的根本差异,也承载着对脆弱但圣洁的“人性”的某种想象与认同。尽管三位面壁者都指出“人性”是人最根本的弱点，但“非人性”的解决方式仍然不能被接受，而真正获得真理的是最具“人性”的罗辑——小说将百年历史写为一瞬，却以极大篇幅铺写罗辑对爱情与亲情的眷恋、对美和自然的追求，这显然并非闲来之笔。或者可以说，在刘慈欣笔下，科幻表现出了它最纠结的形态，即在揭示现实与历史困境方面极为敏锐和锋利，然而在想象性解决中又十分保守，仅仅是将它们压缩、打包、抛弃，进而重新与古老的人文主义价值对接。

综上所述，就再现的尺度与英雄人物的塑造而言,《地球往事》确乎可以称得上是一部未来史诗。然而,需要注意的是,它也是一部抛弃与拒绝真实历史的史诗，是以抽象的、积木式的历史块搭建而成的。它带来的宇宙维度灾难想象的震撼与快感，或许正是令我们摆脱现实的沉重负担的“安慰剂”——其中并没有切实对症的药物成分，却仍然令我们获得受到治疗的安慰——在这个意义上，它又极具隐喻性地显影着我们时代最普泛的症候。

（原载《艺术评论》2015 年第 10 期）

“公元人”的分化与“人心秩序”的重建
——《三体》的政治视野

欧树军

《三体》三部曲对人类社会可能发生的文明冲突图景及其悲剧根源的科幻式深描，宛若一幅多维的现实镜像，深刻无情地折射着现实世界的残酷，这或许是其宏大叙事最大的魅力之源。在即将到来的地球文明生死存亡的重大危机面前，在技术与伦理、个体与整体的复杂冲突面前，“公元人”内部发生了巨大的分化与重新整合，看似人道主义的选择却导致了文明的覆灭。在终极的文明冲突背景下，这场浩大的“公元人”的大分化，既是对已经发生的、正在经历和意欲建构的内外政治秩序的现实主义透视，也是对“后公元时代”政治共同体人心秩序重建之道的严肃探寻。

现实的镜像：“公元人”的分化

《三体》为我们描绘了一幅“公元人”分化的全景画像，精英与大众、英雄与庸人、和平分子、暴力分 子，逃亡主义者、失败主义者和胜利主义者，在文明冲突的宏大背景下，个体命运前所未有地从属于人类共同体的整体命运，个体的悲欢离合从属于人类共同体的生死存亡。在这样的时刻，个体的选择愈加重要，尤其是在忠诚与背叛之间的抉择，不仅关乎个人的品质德行，更关乎共同体的生死存亡。

在文明冲突的终极危机面前，生存与死亡，忠诚与背叛，一切看似奇幻却又那么现实，一切都似曾相识恰如身临其境。地球人和三体人之间即将在四百五十年后，以当下无法预知的方式相遇，按照地球人的科技发展速度，届时完全没有能力抵抗武力入侵，面对这一两大文明之间的终极危机图景，地球人内部产生了分化，滋生了有组织的反叛力量。“人类文明自身缺陷产生的异化，对更高等文明的向往和崇拜，让子孙在终极战争后幸存的强烈愿望”，又导致叛军内部很快又分化为拯救派、幸存派和降临派三派，“降临派要借助外星力量毁灭人类，拯救派把外星文明当神来崇拜，幸存派的理想是以出卖同胞来苟且偷生”。

降临派的背叛来自对人性的彻底绝望和仇恨，他们的座右铭是“我们不知道外星文明怎么样，但是我们知道人类怎么样”。

拯救派是一个主要由高级知识分子、知识阶层组成的宗教团体，他们极容易对人类以外的另一个文明产生美好的幻想，但是，“人类文明一直是一个孤独行走于宇宙荒漠的不谙世事的少年，现在她（他）知道了另一个异性的存在，虽然看不到他（她）的面容和身影，但知道他（她）就在远方，对他（她）的美好想象便如同野火般蔓延。渐渐地，随着对那个遥远文明的想象越来越丰富，拯救派在精神上对三体文明产生了宗教感情，人马座三星成了太空中的奥林匹斯山，那是神的住所，三体教由此诞生”。拯救派的最终理想是拯救即将失去栖息地的三体世界，因此可以牺牲人类世界。

幸存派的存在是因为，“当入侵太阳系的外星舰队的存在被确切证实后，在那场终极战争中幸存下来，是人们最自然的愿望。战争既然是四百五十年之后的事，那就和自己的此生无关，但很多人希望如果人类战败，自己在四个半世纪后的子孙能幸存下来。现在就为三体侵略者服务，显然有利于这一个目标的实现”。

叶文洁经历了那个为理想献身的壮丽而激情的年代，在目睹了父辈的悲剧之后，精神彻底绝望：“还有多少在自己看来是正常甚至正义的人类行为是邪恶的呢”，于是她选择了永不妥协的背叛：“也许，人类和邪恶的关系，就是大洋与漂浮于其上的冰山的关系，它们其实是同一种物质组成的巨大水体，冰山之所以被醒目地认出来，只是由于其形态不同而已，而它实质上只不过是这整个巨大水体中极小的一部分……人类真正的道德自觉是不可能的，就像他们不可能拔着自己的头发离开大地。要做到这一点，只有借助于人类之外的力量。”

因此，她决定脱离文明母体，背叛所有人，背叛人类，为了消灭人性之恶，投身于他者的拯救，走上了彻底的不服从之路，知识与理性的思想大厦在她这里铸成了人类无法理解的疯狂，那就是一定要将宇宙间更高等的文明引入人类世界，这成了她坚定不移的理想。“到这里来吧，我将帮助你们获得这个世界。我的文明已无力解决自己的问题，需要你们的力量来介入。”“我找到了能够为之献身的事业，付出的代价，不管是自己的还是别人的，都不在乎。同时我也知道，全人类都将为这个事业付出史无前例的巨大牺牲，这仅仅是一个微不足道的开始。”“地球三体组织的最终理想和目标，就是失去一切，失去包括我们在内的人类现在的一切。”这种经过理性计算的疯狂，为了拯救人性而牺牲全人类，为了拯救全体而牺牲一人，这让叶文洁成为基督教式的西方文明皈依者。

史强是经验丰富的刑警和反恐专家，几十年“就学会了看人”，他的粗犷令人抵触，他的敏锐直达人心，是他发明了古筝行动，终结了地球叛军的有生力量，也是他给了科学家丁仪和汪淼前进的动力。他多次救了罗辑的命，给他找到了梦中情人，还帮他厘清了宇宙社会的政治哲学。他始终坚持一个工作原则：“从不进行道德判断。我要对付的那些主儿，成色可都是最纯的，我要是对他们婆婆妈妈:你看你都干了些什么啊?

你对得起社会对得起爹妈吗……还不如给他一巴掌。”看似漫不经心、玩世不恭，却从不徇私情，从未选择背叛，他甘愿做人民的忠诚卫士。

罗辑最初是个玩世不恭的青年学者，他醉心男女情爱，对诸如逃亡主义、技术公有化、ETO、战时经济大转型、赤道基点、宪章修正、PDC、近地初级警戒防御圈、独立整合方式之类的各种时代主题全然不感兴趣，他排斥史强所代表的国家力量，对自己肩负的责任浑然不觉，“是不是弄错了？”“为什么选择我？比起他们三个。我没有任何资格。我没有才华，没有经验，没见过战争，更没有领导过国家；我也不是有成就的科学家，只是一个凭着几篇东拼西凑的破论文混饭吃的大学教授；我是个今朝有酒今朝醉的人，自己都不想要孩子，哪他妈在乎过人类文明的延续……为什么选中我？”

在无尽的怀疑和拒绝之后，他选择了逃避，用一场完美的爱情逃避面壁者的命运和责任，“面壁者真有从怪圈中脱身的可能吗，如何打破这铁一般的逻辑枷锁。”这让政治社会最终不得不动用了控制手段，让他的妻子和女儿冬眠，他们只能在四百年后解冻相见：“想想四个世纪后，在末日的战火里，她们见到你时的目光吧！她们见到的是一个什么样的人？一个把全人类和自己最爱的人一起抛弃的人，一个不愿救所有的孩子，甚至连自己孩子也不想救的人。作为一个男人，你能承受这样的目光？”在终极的忠诚与背叛面前，他最终选择了担当。

他开始了孤独而深刻的思考，从猜疑链和技术爆炸开始，在“一瞬间”顿悟了宇宙文明秩序的奥秘。“在坠入冰湖的一瞬间，他感觉自己跃入了黑暗的太空”，“就在这死寂的冷黑之间，他看到了宇宙的真相”，这神奇的一瞬间，这思想家们钟爱的一瞬间，恰如人类所能想象的最神圣的一瞬间。就在这一瞬间，他完成了从面壁者到执剑人的转变，他成为宇宙正义的主持者，成为超级文明的代言人。他也曾被同胞赶下公交车彻底抛弃，在看似颓废的伪装下，他精心设计并完成了终极拯救方案。罗辑完全放弃了小我，成了两个文明命运的终极威慑者，他的目光“带着地狱的寒气和巨石的沉重，带着牺牲一切的决绝，令敌人心悸，使他们打消一切轻率的举动”。作为地球文明的代言人、执剑人，罗辑以一己之力与三体世界对视了五十四年，从一个玩世不恭的人，变成了“一位面壁五十四年的真正面壁者”，变成了“一位五十四年执剑待发的地球文明的守护人”。

叶文洁、史强、罗辑是“公元人”在终极危机面前的几个镜像。文明冲突的悲观前景的拯救方案遥遥无期，让大众充满疑惑和恐惧，即使获得了暂时的救世主般的安慰，仍有可能随时发生转向，这样的大众看起来就像是一群乌合之众。这的确非常现实主义：德行败坏的叶文洁之母，发战争财的史强之子，忧虑血脉传承的张援朝，只关心当下生活不考虑长远的杨晋文，商品交换逻辑的狂热信徒山西煤老板苗福全，看上去都是现实的反映。而对逃亡主义高度敏感又反复无常的大众，对面壁者、执剑人从迷信到憎恨迅速转换的大众，很容易简化、分化与两极化的“公元人”，成为普罗大众及其所身处的现实世界的一种真实镜像。

“后公元时代”的人心秩序重建

《三体》以科幻的方式，通过预示未来而回到过去，又通过回到过去而预示未来，宏大深远的文明视野，透露着浓郁的中华文明底蕴。科学边界、幽灵倒计时、恒纪元、乱纪元、脱水、浸泡、人片、宇宙闪烁、孔子冰柱、墨子烈焰、秦一号人体计算机、三体网聚、三体叛军（拯救派、降临派、幸存派）、古筝行动、太空监听系统、宇宙监听员、思想全透明社会、面壁计划、面壁者、破壁人、技术公有化、思想钢印、钢印族、水滴、黑暗森林、咒语、“MD”（military democracy）、“只送大脑”、“我们的星星”、阶梯计划、智子封锁、智子盲区、执剑人、王国的新画师、饕餮海、深海王子、长江童话、文化反射、双层隐喻、二维隐喻、掩体计划、黑域计划、慢雾、歌者、质量点、隐藏基因、清理基因、坐标广播、弹星者、时间颗粒、低熵体、二向箔、维度打击、二维化、地球文明博物馆、“把字刻在石头上”、二维世界的扁片文明、降维、规律武器、归零者、重启者、小宇宙、责任的阶梯……这些炫目撩人、四两拨千斤的终局与破局方案，无不散发着强烈的中国气息。无论地球文明的叛军领袖，还是人类社会的毁灭者和拯救者，都是中国人，他们的选择又都和几十年后国家、世界和人类整体的未来生死攸关。

如果生存与死亡不再是一个问题，不再构成强大的外部压力，那么个体的选择也不再关乎忠诚与背叛。对于现实世界面临类似情境的政治共同体来说，人民内部也就可能随时出现裂痕，不再是一个整合团结的共同体。因此，那些真正关心人民生存境遇的政治共同体，总是希望能找到一条恰当的识别外部压力、重建“人心秩序”之道。

现代国家把再造人民的可能性提升至政治共同体生死存亡的高度，这是现代文明国家与前现代国家的一大差异。换言之，现代文明国家掌握了重构生死境遇并由此整合人民的能力，这很大程度上得益于信息沟通渠道的革新。现代国家的意识形态权力大大扩张了，这是一种集体性、渗透性和弥散性的权力，同时也高度依赖组织、后勤、控制和沟通这些权力的基础作用机制，它们让文化领导权变成了一项基础权力。

沟通渠道的革新改变了意识形态权力的作用机制。在冷战格局下，同意被制造出来，共识被生产出来，资本主义社会同样依赖也最先建构了润物细无声的“文化霸权”生产机制，商品交换变成了无处不在的控制法则。价格规律、供求关系、自由买卖、市场经济、消费社会、资本主义等等，都变成了这一套生产体系的必备构件。这套“文化霸权”机制把市场原则变成了自然法则，用经济领域的自由选择交换政治领域的被支配、被统治地位，从政治手中接管了真理，从而极大地削弱了政治的正当性。

在美国，“文化冷战”和“文化内战”是两个不同的阶段。“文化冷战”是内战的一部分，行为主义、先锋艺术、好莱坞等等都是这种“文化冷战”的一部分。美国原本没有宣传部，好莱坞与国防部的密切合作，让美国拥有了一个更有效更强大的宣传机器。军人、警察、司法、战争、国家，对于国家力量的宣扬成为好莱坞作品的重要主题。在这个意义上，科幻文学影视作品的繁荣，也可以说是冷战的产物。美苏两大阵营的对峙，变成了科幻作品构想未来的现实参照。文明与野蛮、先进与落后，被反复宣扬，永恒的敌人在报纸、广播、电视、电影和文学作品中反复出现。霸权的生产机器一旦开动，就全力以赴，轻易不会停止，直到这个敌人彻底消失。

值得注意的是，在“文化冷战”的同时，一场声势浩大的“文化内战”也全面展开。这场“文化内战”从五六十年代的民主化运动开始，对少数群体的保护，比如女权运动、环保运动、黑人解放运动、正当程序革命、自由支配身体权、同性恋等等，变成了重要的文化权利议题，变成了自由主义的意识形态主张和政治纲领，而它们对“法律与秩序”的破坏，又给了保守主义主导民主时代政治舞台的充足理由。保守主义更善于操纵文化权利议题，给民众设置虚假的选择，看上去越来越多元、宽容、自由，但需要个体深思熟虑而做出的最终选择，往往都被政治正确化了。在意识形态两极分化面前，选择越简单，越容易获得支持，意识形态化的虚假选择变成了“文化内战”的主要遗产。

1989年，美国国务院官员、日裔美国人福山在《国家利益》上发表“历史终结论”，一时风头无两，美国乃至整个西方知识界到处都弥漫着这种极端乐观的政治浪漫主义，人类社会的“公元时代”似乎终结了。然而，福山的老师、一向以冷峻坦率著称的西方至上主义者亨廷顿却一点也高兴不起来。1993年，他给福山当头猛浇了一盆凉水：苏联阵营与美国阵营之间的意识形态对峙虽然结束了，但对于人类社会而言，不同文明之间的残酷竞赛只完成了上半场，天下不会从此太平，这是因为，虽然美国所代表的西方基督教文明本质上非常独特而非普世，但它却有着强烈的普世主义扩张倾向，它始终绷着继续踢下半场并最终赢得比赛的弦，势必在不久远的将来，与伊斯兰文明、中国文明展开一场声势浩大的“文明的冲突”。

历史已经证明，姜还是老的辣，福山并未“青出于蓝而胜于蓝”，其师亨廷顿的余音仍在绕梁之际，美国所代表的西方基督教文明就与以原教旨主义为表象的伊斯兰文明交上了火。以反恐战争为名，“文明的冲突”敲响了新世纪的钟声。“在反恐战争面前，所有国家，不是我们的敌人，就是我们的朋友。”美国为新世纪国际秩序的路线斗争划了一条旗帜鲜明的红线，沿着这条光辉灿烂的大道走了没多远，整个西方文明就再次来到了十字路口。仅仅六年后，美国就相继爆发次贷危机、金融危机，导致失业率高涨、国债上限反复提高，并很快让美国普通民众意识到：美国的分化已经完成了位移，从黑白种族两分变成了贫富两极分化，美国现在是 1% 的寡头在统治 99% 的大众。看来好日子是过到头了，愤怒的人们再次走上了街头，发起了“占领华尔街运动”。类似的社会自我保护运动也在欧洲各国展开，多元主义宣告终结，“福利国家”遭遇财政困境，人道主义成了作茧自缚，政府陷入主权债务危机，经济活力迅速下降，和平主义、“高福利”的欧洲梦在财政重压、整合困境和经济停滞冲击下支离破碎。

政治家们再次试图把国内压力向外释放，西方文明对伊斯兰文明表现得更加同仇敌忾，攻陷阿富汗、伊拉克，搅动非基督教的撒哈拉沙漠以北的北非国家政局，处于中国“古丝绸之路”上的阿拉伯国家相继遭遇西方文明的饱和炮火，“新丝绸之路”上的东欧国家也陷入外来强力煽动的内乱，难民危机成为文明冲突的新恶果。于是，世界秩序加速重组，政治经济、地缘政治、国际格局都出现令人目不暇接的新变化。中国和俄罗斯之间密切合作，联手向美国这个冷战后世界秩序的主导者要求更为广阔的国际活动空间，乌克兰和叙利亚成了世界秩序重组的新战场。任何政治体的内部党争往往都有外力影响，对于乌克兰和叙利亚来说，这个外力就是俄罗斯和美国之间的角力。信息技术革命让美国建立并控制了全球金融市场，进而具备了影响他国实体经济的能力。国际金融秩序的新变化，让整个西方世界回到了一百年前，并在全世界范围内催生了“贫富两极分化的全球化”。

由此，中国人居安思危的忧患意识，再次成为恢复中国文明自觉的自然起点。“国虽大，好战必亡；天下虽安，忘战必危。”中国文明能否在与西方文明的两百年遭遇战中彻底扭转颓势，走向真正的全面复兴，不宜以学生福山的“历史终结论”为蓝本，而更应以他的师傅亨廷顿的“文明冲突论”为镜鉴。美国例外论的倡导者、政治学者哈茨把英国模式的成功归于保守主义、自由主义和社会主义的杂糅混合，当然，事实上，还应该补充另一种独特的西方传统：殖民主义。但是，殖民主义不是也不可能是中国的未来选项，重建人心秩序，需要另辟蹊径，向传统要智慧，向先贤要德行，向贸易要空间，向技术要时间。在未来世界秩序中，人民共同体本身可能产生巨大的分化和分裂，面对持续的弱化和分裂，人们将被迫思考如何重建有效的整合机制，把分散的个体整合为在政治、经济、文化、伦理上更同质化的人民。

对于中国而言，“人心秩序”的重建，所面临的环境当然还不是“新冷战”，但越来越具有文明冲突的意味。因此，既有必要避免回到“文化冷战”的老路，也有必要警惕危险的“文化内战”。如果人民在社会阶层、意识形态和思想情感上高度分化，发现人民进而整合共同体就会变得愈加困难。换言之，“人心秩序”的重建，不仅需要在意识形态上从融合两个三十年到贯通三个三十年，还需要在文化政策、经济政策和社会政策层面，准确界定人民的共同意志和共同需要。如果我们把同意的生产体系视为一根封闭的链条，当前体制内媒体与市场化媒体、传统媒体与新媒体之间的对立分歧和不同导向，表明这根封闭链条已经出现了不小的裂痕，所带来的风险也并不是绝对安全可控的。

同意的发现与生产也许有必要借助市场的机制，需要科学的设计理念，需要官方媒体与依托互联网而生的市场媒体、旧媒体与新媒体、学校的互相协调，但更需要经济民主、产业民主，需要具体生产者和消费者的主动参与。如果生产者和消费者消极不合作，整个机制就可能停止运转。因此，“人心秩序”的重建，需要真正把握多数人的普遍忧虑、情感、意愿和选择机制。但是，政策方向、基本路线不应该是经济的，而应是政治的、社会的，如果只消费不生产、只购买不出售、只被动回应不主动设置议程，就会加剧分化而不是走向整合。

就此而言，《三体》的启示在于，“人心秩序”的重建，首先需要回到生存与死亡的抉择当中，去理解个体在忠诚与背叛之间做出选择的内在机理，尤其是深层根源。意识形态分歧与选择的分化，往往只是文明冲突在国内的反射和投射。在人民的故事中，生存与死亡是永恒的主调，忠诚与背叛是永恒的副歌。一旦生存与死亡被遗忘了，忠诚与背叛就失去了意义，疯狂与偏执也就将在人民内部异化出毫不妥协的反叛，从而将一个文明再次推向毁灭，只有在极其偶然的情况下，才可能免此厄运。

“安而不忘危，存而不忘亡，治而不忘乱”，在“后公元时代”的文明终极冲突面前，“竟然有这么多的人对人类文明彻底绝望，憎恨和背叛自己的物种，甚至将消灭包括自己和子孙在内的人类作为最高理想，这是地球三体运动最令人震惊之处”。这个人心秩序崩塌的图景，无疑是《三体》镜像现实的最引人深思之处：

伟大的三体舰队已经启航，目标是太阳系，将在四百五十年后到达。

叶文洁脸上仍是一片平静，现在，没有什么能使她震惊了。

伊文斯指着身后密密的人群说："你现在看到的，是地球三体组织的首批成员，我们的理想是请三体文明改造人类文明，遏制人类的疯狂和邪恶，让地球再次成为一个和谐繁荣、没有罪恶的世界。"

（原载《中国科幻文学再出发》，李广益编，重庆大学出版社2016年版）

科学史上关于寻找地外文明的争论

——人类应该在宇宙的黑暗森林中呼喊吗?

穆蕴秋　江晓原

尽管地外文明是否存在的问题，目前尚无定论，但与其相关的探讨，已成为科学史领域的重要研究课题。20世纪70年代，随着搜寻地外文明计划（简称SETI）的一无所获，与其相对的另一种试图接触地外文明的实践手段——主动向地外文明发送讯息（简称METI），也被提上日程，并在科学界引发颇多争议。本文对争论双方的观点以及争论所产生的影响进行了考察，并研究了与METI有关的几种费米佯谬的解决方案。本文认为，在尚未做好接触地外文明的准备之前，实施METI是非常危险的。*

伴随着METI的进行，另一方面，从理论上来探讨“地外文明是否存在”的问题，也开始在科学界广泛展开。相关讨论后来常被称为“费米佯谬”及其解决。由于缺乏任何经得住推

---

* 本文节选自第五部分：“费米佯谬”及其解决方案。

敲的证据，来证明地外文明存在或不存在，这使得“费米佯谬”成为一个极端开放的问题，从而引出各种解决方案。

对 METI 抱拒斥态度的科学人士，给出的一个重要理由是，外星文明有可能是满怀恶意的。关于这一点，众多科幻作品此前早已进行过各种描绘，《世界之战》（*World War*）、《火星人攻击地球》（*Mars Attack!*）、《异形》（*Alien*）和《独立日》（*Independent Day*）等作品，都属于这一类型中的代表之作。更值得一提的是，一些科幻小说家在此基础上更进一步，除了创作出很好看的故事之外，还为费米佯谬提出了不同的解释。

科幻作家福瑞德·萨伯哈根（Fred Saberhagen）在他科幻经典《狂暴战士》系列（*The Berserker Series*）中，设想了一种拥有智能的末日武器“狂暴战士”，这种武器在五万年前的一场星际战争中被遗留下来，由杀手舰队用智能机器装备而成，统一受控于一颗小行星基地，除了能自主进行自我复制外，被赋予的唯一指令是消灭宇宙中的所有有机生命。受《狂暴战士》故事的启发，对“费米佯谬”的一种很严肃的解释就认为，宇宙中可能遍布类似狂暴战士的攻击性极强的末日武器，阻挠或消灭了其他地外文明，而剩存下来的地外文明，则因为害怕引起它们的注意，从而不敢向外发射信号，这导致了人类无法搜索与之相关的信息。

另外，中国科幻作家刘慈欣最近创作的科幻小说《三体》

系列，也提出了一种对“费米佯谬”较为精致的解释——黑暗森林法则。该法则是对前面布林猜想的一种很好的充实和扩展，它基于两条基本假定和两个基本概念之上。

两条基本假定是：(1) 生存是文明的第一需要；(2) 文明不断增长扩张，但宇宙中物质总量保持不变。

两个基本概念是“猜疑链”和“技术爆炸”。“猜疑链”是由于宇宙中各文明之间无法进行即时有效的交流沟通而造成的，这使得任何一个文明都不可能信任别的文明（在我们熟悉的日常即时有效沟通中，即使一方上当受骗，也意味着“猜疑链”的截断）；“技术爆炸”是指文明中的技术随时都可能爆炸式地突破和发展，这使得对任何远方文明的技术水准都无法准确估计。由于上述两条基本假定，只能得出这样的推论：宇宙中各文明必然处于资源的争夺中，而“猜疑链”和“技术爆炸”使得任何一个文明既无法相信其他文明的善意，也无法保证自己技术上的领先。所以宇宙就是一片弱肉强食的黑暗森林。

在《三体Ⅱ》结尾处，作者借主人公罗辑之口明确说出了他对“费米佯谬”的解释：“宇宙就是一座黑暗森林，每个文明都是带枪的猎人，像幽灵般潜行于林间……他必须小心，因为林中到处都有与他一样潜行的猎人。如果他发现了别的生命，……能做的只是一件事：开枪消灭之。在这片森林中，他人就是地狱，就是永恒的威胁，任何暴露自己存在的生命都将很快被消灭。这就是宇宙文明的图景，这就是对费米佯谬的解释。”而人类主动向外太空发送自己的信息，就成为黑暗森林中点了篝火还大叫“我在这儿”的傻孩子。

不过，应该提及的是，刘慈欣的“黑暗森林法则”，作为“费米佯谬”的解决方案，存在局限。因为，人类从自己的行为模式所定义出的善、恶等思维方式，是否可套用于所有地外文明，这是一个很有疑义的问题。

（原载《上海交通大学学报（哲学社会科学版）》2008年第6期）

《三体》罗辑同人：《角色》

thez

一

1993 年

"马克思 · 韦伯在他的演讲《以政治为业》的结尾中这么说道：能够深深打动人心的，是一个成熟的人，他意识到了对自己行为后果的责任，真正发自内心地感受着这一责任。然后他遵照责任伦理采取行动，在做到一定的时候，他说：'这就是我的立场，我只能如此。'这才是真正符合人性的、令人感动的表现，我们每个人，只要精神尚未死亡，就必须明白，我们都有可能在某时某刻走到这样一个位置上。"

讲台上的王辉扫了眼台下，一片东倒西歪的景象让他不由叹了口气，虽然很清楚大多数学生只是为了凑学分才选修的这门《西方政治思想史》，他仍然希望尽可能教给学生们一点东西。纵使他们现在无法理解它们的意义，但王辉始终相信这些东西在这些年轻人今后的人生道路上会给他们带来帮助。

王辉翻开点名册——这是吸引学生注意力最便捷也最有

效的方法，扫了一眼，一个名字引起了他的注意："罗辑同学，请你谈谈你是怎么理解韦伯的这段话的。"

台下传来一个懒散的声音："我想他的意思是说每个人都有可能会成为救世主，所以我们要为自己可能肩负起的责任做好心理准备。"教室里响起一阵稀稀拉拉的笑声，表示对罗辑幽默感的赞许。

王辉皱了皱眉："希望我看不到你成为救世主的那一天。"台下又是一阵窃笑，王辉一边想着有必要给这个叫罗辑的学生平时的课堂成绩扣点分，一边转过头继续在黑板上写着板书。因此罗辑之后低声的自言自语并没有传到他耳朵里："救世主这么麻烦的活儿我才懒得干。"

二

威慑纪元 5 年

尽管透过黑色的防弹玻璃除了一片漆黑之外什么东西都看不见，罗辑仍然选择让自己的视线停留在上面，仿佛无尽的黑暗可以让自己的思想从现实中逃离出来，暂时有一个歇息的地方。但即便如此，半个小时前，联合国主席和太阳系舰队联席会议主席的那番话如同一个无法摆脱的梦魇一遍遍地在他的脑海里回响："罗辑博士，您可以将此视为全人类的请求，也可以将此视为联合国和太阳系舰队共同下达的命令：请您成为执剑人，担任人类文明的守护者。"

"人类文明的守护者吗……"罗辑喃喃自语道。直到一个小时以前，罗辑还以为人类的命运已经和他再无任何瓜葛，他只求剩下的日子里能够和庄颜还有女儿一起平静地生活。五年前交出控制开关的时候，罗辑的感觉就像是刑满释放的囚犯，终于可以走到渴望已久的阳光下过自己想要的日子。而之后的五年时间，也确实是他生命中最快乐的一段时光，他一直以为这种生活会永远持续下去，但是这个美好的愿望在今晚就走到了头。当联合国主席将引力波发射器控制开关交到他手上时，罗辑觉得自己仿佛从半空中重重地摔了下来，他内心的某个角落甚至认为这是一场恶作剧，或是一场即将醒来的噩梦。直到走出联合国大楼，看到史强站在他面前时，罗辑停滞的思维才慢慢运转起来，意识到这残酷的现实。

若干年后，当执剑人罗辑回顾这一段经历时，他发现其实在潜意识中自己一直在等待这一刻的到来，在内心最深处，他并不相信这幸福的日子会永远持续下去，因为三体危机并没有从根本上解除，地球文明和三体文明微妙的平衡局势只要稍有风吹草动，新的斗争就会拉开序幕。只是罗辑从来不让这种念头浮到自己的意识层面，在潜意识中他只求这一刻来得晚一些，再晚一些。但是最终，这一刻仍然以意料之外的速度来到了他的面前……

突然之间，罗辑心中冒出一个念头：如果现在按下开关，那么地球文明和三体文明的博弈状态就会彻底解除，地球永远不用再担心三体的威胁。而运气好的话，人类也许还有几十年甚至上百年的时间，在黑暗森林打击到来之前制造出恒星级的飞船离开太阳系或者用其他的方式来进行规避。就算不能，至少自己还可以和庄颜还有女儿多几年在一起的时间，对现在的自己来说，也许这才是最优的选择……

“老弟，不要太想不开，也许用不了多久他们就会找到替代你的人。”史强的话打断了罗辑的思绪，罗辑苦笑一下：“但愿如此。”

史强从口袋里掏出一个盒子，在他眼前晃了晃：“正宗的哈瓦那，我淘了好久才淘到的，这年头这种东西可不多见了。”说着一边给自己点上雪茄，一边有一搭没一搭地和他闲聊着，罗辑知道这是史强在用他的方式帮自己缓解压力，这让他为自己刚才的念头多少感到一丝罪恶感……

“我说罗老弟，还记得那个晚上吗？我也是和今天差不多这样把你塞到一辆车子中送到机场。”

“当然。”史强的话勾起了罗辑久远的回忆：面壁计划、和庄颜的相遇、冬眠、在叶文洁墓前和三体人的对决……所有的一切都是在那个晚上拉开了帷幕。

“大史你还记得之前你和我说过的那个去刑场的笑话吗？我那时候是真以为要一去不回了。”

史强往半空中喷了口烟：“记得，不过今晚这趟，可不比上次容易。”

罗辑调侃道：“我只是过去，你不是还要回来吗？你有什么好抱怨的。”

史强一拍大腿：“老弟我就佩服你这份不论遇到啥事都镇定得一塌糊涂的心态，有你这句话我就放心了。”

罗辑把身子深深地陷入座位里，叹了口气：“谁让我总是碰到这种事，大史，我有时候常会觉得自己是一个倒霉的演员，一次又一次被逼着上台扮演自己不喜欢的角色……”他转过头，正想向史强继续说些什么，但是刹那间，视线中的所有事物仿佛被一双无形的巨手扭曲变形，强烈的眩晕感如潮水一般向罗辑袭来。之后发生的事情，在他的大脑里只留下残缺的片段：震耳的爆炸声，史强扑到自己身上时闻到的雪茄味道……而最后留在罗辑视线中的，是一片冲天的火光……

不知过了多久，罗辑从黑暗中苏醒了过来，最初感觉到的是一团柔和的白光，随着意识的复苏，白光渐渐消散，同时周围事物的轮廓也慢慢变得清晰起来。罗辑发现自己躺在一张床上，床边的仪器设备让他认出这应该是一间病房，但是他仍然无法对现在的状况有一个清楚的认识。

正当罗辑试图理解到底发生了什么事情的时候，一个熟悉的面孔出现在他的视野中：“罗辑博士，看来您已经恢复意识了。”

罗辑在自己尚未完全清醒的大脑中努力搜索着这个人的姓名，片刻之后他想了起来：“是……乔纳森先生？”

“看来您的记忆没有受损，这我们就放心了。”乔纳森走到罗辑身边坐下，同时按动了床边的一个按钮，罗辑身下的床自动形成一个自然的倾斜弧度，使他能够半靠着和乔纳森对话：“这里是我们舰队国际下属的特别监护中心，罗辑博士，您已经昏迷了整整十二个小时。”

这一句话犹如一道闪电，照亮了罗辑遗失的那部分记忆：执剑人的任命、与史强在车上的聊天，还有最后一刻震耳的轰鸣……罗辑挣扎着想要坐起来，但被乔纳森轻轻按回床上：“罗辑博士，我知道您有很多事情想问，我也有很多事情要告诉您，我正是为此来到这里。”

“到底发生了什么事情？”

“一场恐怖袭击，凶手采用了飞弹武器对车队进行了攻击。这完完全全是我们护卫工作的疏漏，之前所有的资源都被调到对三体舰队还有水滴的监控上，加上地球三体组织的覆灭，一直以来我们都把注意力放在对来自地球外部袭击的预防，从而给这次袭击制造了机会。”

“凶手是什么人？”

“一个名为‘地球之子’的反三体激进组织，一直以来主张对三体文明实行强硬政策。他们从某个渠道获知了那天晚上的安排，他们的计划是发射飞弹之后趁乱夺取控制器，因为控制器由部分强相互作用材料制作，他们倒不担心会损伤控制器。幸好我们及时赶到，没有让他们得逞。”

以前是地球三体组织要暗杀自己，现在则是地球反三体组织要暗杀自己，罗辑不由感到一种讽刺，突然另外一个问题浮现出来，他马上问道 :“控制开关现在在哪儿？三体那边情况如何？”

乔纳森摆了摆手 :“罗辑博士您可以放心，我们已经在第一时间把控制开关移交给了‘影子执剑人’，黑暗森林威慑此刻仍然在平稳地运作之中。这是我今天来告诉你的第一件事情。”

“影子执剑人？”这个词罗辑从来没有听到过 :“这是什么东西？”

乔纳森沉吟了片刻 :“罗辑博士，影子执剑人的存在本来是只有少数人才知道的最高机密，但因为这次事件的发生，我们觉得有必要让您知道。简单地说，舰队国际和联合国不会把全人类的命运完全放在一个人手上，影子执剑人就是为此而设立的。当我们判断您处于不适合执行执剑人使命的状况时，将由影子执剑人代为掌管控制开关，这次的事件也证明了这种设置的必要性。当然，这本身并不会动摇黑暗森林威慑的根基，因为做出这个决策的仍然是极少数的个体，而且直到完全移交给另一个人前，您仍然是唯一一个可以按下控制开关的人。”

罗辑冷笑道：“不必这么麻烦，你们就不必还给我了，让他直接来当执剑人就好了。”

乔纳森无奈地摇了摇头，在罗辑看来，他的表情仿佛在说“你怎么到现在还不明白”：“也许因为之前太过匆忙，没有说清楚选择您作为执剑人的意义，这也是我今天来最重要的任务。”

“你说吧。”罗辑干脆闭上眼睛靠在床上。

“对于黑暗森林威慑，人类文明一丁点风险也承担不起，影子执剑人的设置是为了这个目的，选择您作为执剑人同样也是这个目的。执剑人身上系着两个文明的命运，我们必须找一个地球人和三体人都能接受的人选，而您可以说是当下唯一的人选。对于三体人来说您具有足够高的威慑度，但更重要的是对于人类来说您是拯救过他们的救世主，是黑暗森林威慑体系的建立者，拥有压倒性的威信。现阶段人类文明最需要的是一个能给他们带来安全感的人，舰队国际和联合国也迫切希望借助您的威信给人类文明创造一个稳定的发展环境。如果还要选其他执剑人，那么最糟糕的情况就是在各方面就人选问题争执不下的时候被三体人乘虚而入，所以我们必须在最短的时间内找到一个毫无争议的人选，而这个人就是您。”

罗辑依然闭着眼睛靠在床上，对乔纳森的话不置可否。

乔纳森等了一会儿，见罗辑没有什么反应，终于下定决心似的从口袋里掏出一个东西 :“罗辑博士，这是史强先生的录音，希望您能听一听。”

罗辑猛地睁开双眼望向乔纳森 :“大史他现在怎么样？”

乔纳森沉默了片刻，回答道 :“因为现场和‘地球之子’的交战拖延了我们太多时间，在送到医院时史强先生的伤势已经恶化得非常严重，我们也无能为力……”

这出乎意料的消息让罗辑一时之间完全反应不过来，他只觉得眼前一片空白，而渐渐地空白的地方有了其他颜色，那是史强和自己人生的一幕幕交集 : 在昏暗的地下室中和他的初次见面、在湖边别墅里向他描述着之前从未对人说过的“她”的相貌，还有在那个漆黑的夜晚自己第一次完整说出黑暗森林法则……回想这一切，罗辑终于明白了史强对自己意味着什么 : 他是唯一一个见证自己从“罗辑”到“面壁者”，乃至到“执剑人”身份转变的人，从这个角度来说，史强是世界上最熟悉自己的人。即使是庄颜，她认识的也是成为面壁者之后的自己。在重新成为面壁者的那段日子里，因为冬眠后遗症，罗辑经常会莫名地对自己进入冬眠前的那段经历产生怀疑和焦虑，对他来说，那实在是太过久远的记忆，以致无法确认是否真实。但每次看到史强，罗辑都会感到一阵心安，史强就像一根连接着自己的过去和现在的细线，帮助他确认着一切的真实性，在不知不觉间，史强已经成了罗辑精神上的依靠……

一阵嘈杂声把罗辑拉回到现实，这是乔纳森开始播放录音，片刻之后，史强的声音出现了，罗辑心中不由一紧：从声音中，可以明显听出来史强的状况很糟糕，每说一句话都仿佛是在耗费他身上仅存的气力：

“老弟，这些话本来是想当面和你说的，但不知道还有没有机会，所以只好采用这种方式。刚刚他们告诉我你没有生命危险，那我就放心了……之前你说自己总是被分配去扮演不喜欢的角色，我也一样，经常被派一些不喜欢的差事，但我很高兴这辈子中最后一个任务是和你在一起。现在来看，虽然出了些岔子，但总算是没搞砸。记得我对你说过，我总是救你的命，但愿这是最后一次我能派上用场的机会。如今是我这个配角该退场的时候了，而老弟你的戏份现在才正要开始，虽然是很难的事情，但这场戏缺了你就没法演下去了，因为没有其他人可以替代你……我在这儿先替老史家的列祖列宗向你道声谢，如果运气好的话，希望还能再见面……”

乔纳森按下了停止键：“这是史强先生在昏迷前的留言，幸好有他当时对您及时的保护措施，您才没有受致命伤，我们赶到现场时他还清醒着，普通人受了他那么重的伤早就昏迷了，他是在被送到急救室的路上录下这段话的。”

罗辑默默地靠在床上，一言不发。许久之后，乔纳森把录音机放在床边之后站了起来:“罗辑博士，今天就先谈到这儿，看得出来您有点累了，我后天这个时候再来拜访。”

走到门口时，乔纳森回过头来：“罗辑博士，请您相信，如果地球上有第二个人可以替代您成为执剑人，我们一定不会让您来承受这份重担。”

罗辑只是望着窗外，默不作声。

三

威慑纪元 47 年

《每周书讯》编者按：

以下内容节选自本·乔纳森今年出版的回忆录《旁观者》，本书记录了乔纳森先生作为舰队国际特派员在人类文明和三体文明纷争中的所见所闻，披露了大量不为人所知的第一手资料，而其中最吸引人的内容，莫过于乔纳森对罗辑成为执剑人之前与他最后一次见面时的记录——

今天是和罗辑约定的第二次会面的日子，之前的第一次会面中他很明显地表示出了抵触情绪，但是随着我的解释以及史强先生的录音，他虽然没有明确表态，但是我可以感受到他态度的细微转变。

事实上，在执剑人人选这件事情上，最大的阻碍并不是来自三体文明，而是来自人类社会内部。找到一个让人类能接受的人选比找到一个让三体人能接受的人选困难得多。罗辑无疑是最合适的。如果他坚决拒绝担任执剑人的话，我们就不得不面临严峻的选择：是强迫他接受这一使命还是另找人选。如果选择前者，一个精神不稳定的执剑人对于两个文明来说无疑是一颗定时炸弹，而三体文明也必然对此表示抗议。如果另找人选，那么这个人的真实身份无论是否公布于众，都势必给人类社会带来不安全感和冲击。或者采用另一种方案：和三体文明达成共识，选择一个罗辑之外的人担任执剑人，但同时对人类社会宣称是罗辑担任执剑人。这种方法虽然可以解决上述矛盾，但是其隐藏的危险不容小视，很可能在将来某一时刻爆发，导致黑暗森林威慑体系彻底失败。无论如何，今天我将尽一切努力说服他接受执剑人的任命，如果失败，那么舰队国际和联合国将立刻展开新的讨论，确定下一步的方针。在特别监护室的病房门口，我整理了一下自己的思路，在通过一系列的安全识别后，打开了病房的门。

进入房间之后，我发现罗辑正半靠在床上在一块被激活的全息信息显示屏上看着什么，发现我进来之后他做了一个请坐的手势，然后又低下头继续看。我坐下之后并不急着说话，现在最重要的就是取得他的好感，然后再慢慢展开话题。虽然很好奇他在看什么东西，但很遗憾从我这个角度无法看清。

过了大概十分钟，罗辑抬起头，对我说道：“我原本以为大低谷前的一些书会很难找，但看来不是这样。”

“大低谷中确实很多实体书籍都遭到了破坏或者遗失，把图书馆里的书烧掉用来取暖的事件在世界各地都有发生。但所幸在大低谷很早以前图书电子化的工作就已经展开了，所以大部分的书籍都得到了有效保存。能请问您在看什么书吗？”

“马克思·韦伯的《学术与政治》文集，你读过他的演讲稿《以政治为业》吗？”

“没有。”

“我这两天在找一段话的出处，因为记忆比较模糊，所以费了些功夫才找到它的来源。”

他的话引起了我的兴趣：“不介意的话能告诉我这段话的内容是什么吗？”

罗辑低下头念道：“能够深深打动人心的，是一个成熟的人，他意识到了对自己行为后果的责任，真正发自内心地感受着这一责任。然后他遵照责任伦理采取行动，在做到一定的时候，他说：‘这就是我的立场，我只能如此。’这才是真正符合人性的、令人感动的表现，我们每个人，只要精神尚未死亡，就必须明白，我们都有可能在某时某刻走到这样一个位置上。”他顿了顿，仿佛是陷入了对过往回忆的沉思之中，过了片刻，继续说道："大学时曾经有一位老师问过我这段话想表达什么意思，我当时开玩笑地说是提醒每个人都要随时做好成为救世主的准备……”

说到这儿，罗辑抬起头对我笑了笑，平静地说道："你回去告诉他们，我愿意成为执剑人。”

他的回答就这么在我完全没有做好思想准备的情况下到来了，如此突然，以至于我当时足足过了半分钟才反应过来。直到现在，我都还能清楚地回忆起自己当时的那份愕然。但其实仔细想想，这个回答也许自我进入房间时就应该能够察觉到，他对我友善的态度，还有提到的韦伯的那句话，都是对这份回答的必然性的暗示，尤其是韦伯的那段话，简直是对他当时情况的完美描述，当时的罗辑正是走到了韦伯所说的“这样一个位置上”。但是，他是经过了如何的内心挣扎才终于做出这个回答的？韦伯的这段话，还有之前与我的见面，以及史强先生的录音，这些因素对他做出选择起了什么样的作用？恐怕除了他本人，没有人知道答案。

但我可以保证的一点就是：无论是什么因素促使罗辑做出这个回答，我确信当时的他绝不是在外界压力之下被迫成为执剑人（这一点在之后一系列的针对执剑人心理状态的测试中也得到了证明），而是完全自愿地选择了这条路。他给出这个回答时的那个笑容，多年之后仍然清晰地浮现在我眼前，这份笑容中混杂了太多的情感，有些自嘲，有些孤独，还有一些哀伤，但同时还有一种“觉悟”在里面，没错，正如韦伯那段话所言：他意识到了对自己行为后果的责任，并真正发自内心地感受着这一责任。在此之前，我从来不知道，一个人的笑容之中可以包含如此之丰富的情感和信息。

随后的事情就很简单了，我和他简单沟通了一下正式成为执剑人之前需要的一些流程，同时罗辑也提出了几个要求，比如和妻子女儿见个面，同时要求舰队国际保证她们还有史强家人以后生活的安全和平稳，我都一一答应。

在我们简短的交谈之中，罗辑始终保持着那种对一切的洞察和包容所带来的平和，这让我不由得想起那些只在书上读到过的公元时代的圣人。而在他之后，又有谁能够担任执剑人？“责任”这个词对我们这些大低谷之后诞生、在高呼自由和权利的口号中成长的一代人来说到底还有多大的感召力？和公元时代的人相比，我们得到了很多，但是否又丧失了一些重要的东西？从那天起，这个问题就一直困扰着我。

那天，当我最后离开病房时，罗辑仍然在看那本书，他这两天到底走过了怎样的心路我无法知晓，唯一可以肯定的是，因为眼前这个人，人类社会大概会得到一段平稳的日子吧。

四

威慑纪元 62 年 11 月 28 日

今天，是罗辑担任执剑人的最后一天。所有人——包括罗辑自己——都没有想到他能够在执剑人的位置上待这么长时间。

许多人都很好奇担任执剑人的五十七年里罗辑到底都在做什么，各种各样的猜想层出不穷，有很多人甚至相信罗辑和三体人每天都会通过智子进行交谈。但对于少数看过罗辑生活录像的人来说，答案则是无比的枯燥乏味：一天中除了吃饭睡觉，以及锻炼和看书外，罗辑其余时间都是一动不动地面对着控制中心那面偌大的白墙。一位见过罗辑面壁姿态的亚洲舰队司令曾感叹道："不知为何，看到他坐在那里的样子，我就莫名地有一种安全感，他仿佛是一个承诺，一个让人不得不去愿意相信的承诺。"

这些年来，人类社会对罗辑的态度是复杂的。出任执剑人伊始，几乎所有人都把他视为人类文明的救世主，相当长一段时间内，最流行的服装图案就是罗辑的格瓦拉造型。有基督徒声称他是耶稣基督在新千年的化身，是上帝之子，牺牲自己一人拯救了全人类，不时还有教徒跑到罗辑在新生活五村的公寓门口进行集体的祷告活动。

但是随着时间的流逝，一些人开始将罗辑和雷迪亚兹相提并论，称他们都是人类历史上最凶恶的罪犯，拿全球十几亿人作为人质。然而毕竟现在和雷迪亚兹那时不同，在目睹了水滴屠杀地球舰队的场景之后，前所未有的恐惧感笼罩了全球，以前对于三体的种种幻想被击得粉碎，而罗辑的黑暗森林威慑对于人类来说，无异于溺水者所抓住的救生圈。他的行为从结果上来说确确实实是拯救了全人类，即使是再讨厌罗辑的人也不得不承认这一点。

罗辑所开创的威慑纪元是一个充满矛盾的时代，一方面，人类社会达到空前的文明程度，民主和人权得到前所未有的尊重；另一方面，整个社会却笼罩在一个独裁者的阴影下。人们在接受自由和人权理念的同时，却又很不舒服地意识到，有一个人不用征询任何人的意见，随时可以将他们的生命剥夺。对于相当一部分人来说，他是一颗不知道什么时候会爆炸的定时炸弹，是一个令他们无法容忍的存在。同时罗辑的存在也让很多主张对三体人采取强硬手段的鹰派政治家感到碍眼，因为任何对三体人的政策都无法绕过执剑人而付诸实施。尽管如此，由于至今没有一个切实可行的能取代执剑人的方案提出，同时也由于在相当长一段时间内，必须依靠罗辑个人对三体人的威慑来维持目前的平衡状态，罗辑的地位没有受到什么冲击。但在舆论和媒体上，与威慑建立初期相比，对执剑人的相关报道数目已经大幅减少，即使有，也是诸如“救世主还是恶魔？罗辑的真面目”或者“谋杀一个星球的罪犯”此类耸人听闻的标题。然而，罗辑对于外界的纷扰喧闹从来没有发表过任何的意见，他只是一个人坐在引力波控制中心空旷的大厅，用一种外界无法想象的决然和平静，度过了五十七年的光阴，从一个玩世不恭的人变成一位真正的面壁者……

就在罗辑在控制中心大厅中平静地等待着下一任执剑人的到来时，突然他眼前凭空出现了一行字：

“执剑人罗辑你好，我是三体最高执政官，现在通过智子和你进行联系。我们知道你现在无法说话，请在脑中默念出你想说的话，我们可以通过智子接收你的脑电波进行分析从而进行沟通。”

罗辑意识到这并不是三体通过低维展开的智子和自己沟通，而是直接让智子在自己的视网膜上打出字，于是他索性闭上眼睛。与此同时，这段文字自动切换成泛着淡淡白光的字体，飘浮在无边的黑暗之中。

“没想到你们的科技已经发达到可以探测人类的思想活动了。”

“不，我们只是可以和愿意与我们进行沟通的人类的脑电波建立联系，而且只能当对方默念出内容时才能探知。性质上和你们人类间的电话并无什么不同。人类的大脑对于我们来说依然是一个未知的黑匣子。”

“原来如此。”

“我这次主要是代表三体文明来为第一任执剑人送行。”

“谢谢。”五十七年的执剑人生涯，最后唯一来送行的却是自己的对手，罗辑在心里不由一阵苦笑。

“对三体人来说，你是一个强大的对手。而对于强大的对手，我们一贯抱以敬意，因为只有这样才能从对手身上学到更多的东西。”

“你们也同样是了不起的文明。”一个在两百次毁灭和重生中诞生的文明，同样值得罗辑抱以最高的敬意。

“在三体文明和人类文明的接触中，我们双方都学到了很多新的东西。希望在下一位执剑人的任期中，仍然能保持这份友好的关系。”

看到这段文字后，罗辑并没有立刻做出回答，而是陷入了沉默。约莫十分钟后，他的眼前浮现出一段文字：

“请问你对此抱有什么疑虑吗？”

又过了大概五分钟，罗辑才发出了自己的回答：

“我想，你们早就准备好在下一任执剑人接管引力波按钮之后的全面攻击了吧？”

面对这个出乎意料的回应，对方陷入了沉默。但罗辑并不在意，对于一个面壁者来说，沉默是他最熟悉的东西。他有足够的耐心去应对任何的沉默。

过了大概十分钟，罗辑眼前终于出现了新的信息：

“你如何确定这一点的？”

“刚刚的沉默就是最好的确定。”

“……”

“我原本以为你们已经学会了欺骗敌人，看来并非如此。”

“欺骗对于我们来说是一个完全陌生的概念，虽然我们很努力地学习，但面对刚才这样的情况，沉默已经是我们能够做出的最好反应了。你是什么时候发现这一点的？”

“五十七年的时间够我想清楚很多东西，包括你们绝不会轻易认输。只是我一直不确定你们会在什么时候反击，当我看到程心参加执剑人竞选时，我就确信你们会采用一切手段让她当选，并在执剑人交接完成后马上动手。我和你们一样清楚，她是最不适合担任执剑人的人。”

迎接罗辑的是一阵比之前更长的沉默，足足过了半个小时，罗辑眼前才出现新的文字：“那么你现在要按下按钮吗？”

面对这个提问，罗辑立刻做出了答复：“不，我依然会和第二任执剑人交接引力波按钮。”

“那你是想以此交换我们不攻击地球的承诺吗？”

“对于以生存为最高优先级的你们来说，这种承诺毫无约束力。你误会我的意思了，我不会对任何人说这件事，引力波按钮会依照安排交到程心手中，而剩下的事就和我无关了。”

这个回答带来了一阵短暂的寂静，但这一次新的回复很快就到来：“你为什么不告诉其他人类？”

“我只是一个被外面世界所遗忘的人而已，没有人会听我的话。你们做的确实很漂亮，不论是拟人化的智子还是对地球文化的模仿，现在大多数地球人都不相信你们会做出危害地球的行为。他们都认为如今的三体人不过是一群渴望地球文明的野蛮人而已。人们总是愿意相信自己想要相信的东西，而大多数人都愿意相信人类文明灭亡的危机已经过去。”

“因此对你来说，理性的考虑无疑是现在按下引力波按钮。”

罗辑对着 4 光年外的三体最高执政官微微一笑：“这个问题真不该由你来问。”

“我们只是想知道这个答案而已。”

“我的角色是执剑人，我的责任是在任期内保持对三体文明的威慑，仅此而已。”

“你用自己建立的威慑体系给人类文明带来了生存的希望，而现在又放弃了它？”

“我只是给了他们一个选择而已。”

“抱歉，我无法理解。”

“我并不是人类的救世主，我给了人类文明一次选择的机会，生存还是灭亡，这将由他们自己决定。而我，将一直看到最后。”

“那你是否觉得遗憾？”

“我只是尽责而已。任何文明终要迎来灭亡的时候，人类文明是靠着无数的幸运走到今天，总有用尽的时候。能够目睹人类文明的落日并亲身参与这段历史，对我来说已经是莫大的幸运。”

“对于你说的话，我们实在是很难理解。”

“那就请你把它当作是一个老头的胡言乱语吧。不过……”

“？”

“不过文明的延续和发展本身就是一连串意外的结果，也许这一次又会有你们意料之外的事情发生。谁知道呢？”

“我们会尽一切努力来消除这种意外。”

“能够被消除的意外也就不会被称之为意外了……和你们相遇也是一场缘分，祝我们人类文明好运，也祝你们三体文明好运。”

“执剑人罗辑，也祝你好运。再见。”

这段文字飘浮了片刻之后，随即消失。

尾　声

罗辑睁开眼睛，之前文字的淡淡白色影像还残留在视网膜上。他看了一眼身边的电子钟，距离执剑人交接还剩下半个小时，之后重又闭上了眼睛。

“大史，终于到了我下场的时候了。接下来我将作为一个旁观者，见证一切的结束。”

在一片黑暗中，罗辑想起了六十二年前的那个雨夜，他不由在心中轻轻哼唱起埋藏在自己记忆深处的那首《山楂树》。那个晚上，面壁者罗辑在这首曲子的陪伴下踏上开启威慑纪元的旅途，而今天，不论结局如何，这首曲子将陪伴着执剑人罗辑为威慑纪元画上最后的句号。而新的时代，缓缓拉开了帷幕……

（初稿刊于果壳网《三体》同人征文《回到原点》，此篇为重修后刊载）

《三体》：威权主义倾向的遗憾

刘竹溪

随着《三体》英文版获雨果奖最佳长篇小说奖，这部面世近十年的小说再次回到公众视野。对于小说的文学性，互联网上早已讨论多时，而政治层面的解读，则如小说中的“黑域”，大家都不愿深入其中。

“科幻不谈政治”

文学作品和政治之间存在着关联，这本是常识。然而在中国科幻文学的读者圈子里，提到这种关联却容易招致反感。

这种惯例的来源要追溯到中国科幻文学的历史。改革开放初期，因为“文革”而中断的科幻文学创作重新活跃起来。然而，科幻小说在当时被视为儿童文学分类，承担的主要是向青少年普及科学知识的任务，而不是一种类型文学。即使在今天，这种观点仍有一定市场。

围绕着科幻小说的这一定位，科学界和文学界存在一些争议，比如“科幻小说到底姓科还是姓文”。这本是正常的讨论，但1983年的“清除精神污染”运动却认为科幻小说受到了“资产阶级自由化”的影响，以至于出现了不好的政治倾向。

这场政治运动只持续了二十八天，却让中国科幻小说创作的第一次高潮被拦腰截断：科幻刊物停止出版，科幻作家封笔退出，直到20世纪末才逐步恢复。

21世纪初重新崛起的科幻小说小心翼翼地与政治保持距离。刘慈欣便是在这个时代成名，他的早期成名作之一《全频带阻塞干扰》，为了顺利发表，将与中国相关的剧情全部替换为俄罗斯；同样是刘慈欣的作品，以架空历史为题材的《西洋》甚至没有在科幻刊物上发表过。年轻一代的科幻读者们也普遍保持着“不谈政治”的默契，直到《三体》出现。

正如作者刘慈欣在《三体》自序中所说：“‘文革’内容在书中只占不到十分之一，但却是一个飘荡在故事中挥之不去的精神幽灵。”书中的三体组织“统帅”叶文洁正是在疯狂的政治运动中备受折磨，导致价值观彻底崩塌，才得出了“人类已经不值得拯救，三体星人不知道是好是坏，总之先把他们带到地球来净化一切”的结论。

叶文洁的朋友麦克·伊文斯之所以演变成三体组织的重要领导人和金主，同样是出自政治原因。这位富二代满心环保主义思想，抛弃了优渥的生活跑到中国来植树造林，拯救一种燕子。然而当他发现地方政府、当地村民的平庸之恶，以及世界大国之间由于利益冲突无法就环境问题达成法律意义上的协议时，立即转向了绝望，认同了叶文洁的思想。

作者虽然给这两位角色安排过少量温暖的剧情，但是却让他们毅然决然地走上了反人类道路。如果说经历过父亲惨死母亲背叛的叶文洁对齐家屯村民的朴素善意无动于衷还可以接受，伊文斯的变化就显得不太合逻辑。

要知道，虽然《京都议定书》失败了，但以环保主义作为纲领的绿党正在登上欧美国家的政治舞台，很快就成为一支可以影响和参与公共政策的政治力量。如果伊文斯真有他自己说的那么在意环境问题，那么更合理的选择显然是用自己的金钱和地位在现有框架下促进地球上的环境改善，而不是舍近求远，拥抱一个全然陌生的异星文明。换句话说，如果现实中存在伊文斯这样的人，恐怕是反社会人格的天生恐怖分子，就算地球没有环境问题，他也会找到别的理由毁灭人类的。

"黑暗森林"与民族主义

先不说恐怖分子们的心路历程合不合理，他们在《三体》的续作《黑暗森林》中的确制造了巨大的麻烦：三体星的侵略者已被吸引过来了。在系列的第二部小说里，作者提出了大胆的"黑暗森林法则"。

简要地说，“黑暗森林法则”有四个部分：第一，文明以生存为第一要务；第二，宇宙中资源有限；第三，不同文明间只能彼此以最大的恶意互相猜测（猜疑链）；第四，弱小的文明可能短期内发生巨大的技术进步而跃升为强大的文明（技术爆炸）。如果宇宙真的服从这样的法则，那么不同的文明之间恐怕真的只有“抢在对方前面消灭对方”这一条路径可走。不过，“黑暗森林”的假设是存在问题的。

按照书中的推理，“文明以生存为第一要务”推导出了“猜疑链”：一个文明首次接触新文明时，无法断定对方是善还是恶，出于生存的目的，只能假设对方为恶并加以消灭。

不能否认，宇宙间可能存在持这种最大恶意心态的文明，但要说这是普遍适用的真理，却显得过于勉强。因为正常情况下，沟通的成本比消灭对方的成本要来得低：现实中的地球人在学会向太空中派出舰队和核武器之前，已经学会了观测宇宙。

就连《三体》这部作品本身也证明了这一点：三体星人在可以摧毁地球之前，就已经能派出“智子”监控地球，并与三体组织交流；人类虽然较为落后，但很明显，研究出探测器比研究出毁灭三体星系的超级武器要容易得太多太多。

从功利主义的角度来说，“见面就杀”也并不合理。如果“黑暗森林”成立，那么文明之间几乎不存在交流，也就是说，一个文明很难判断自己在食物链上到底是什么位置。进行决策时，不得不考虑以下问题：如果我们发现了一个和我们相比犹如虫豸的文明，我们开火消灭掉它。但是消灭这个行为本身又会把我们自身暴露出来，万一有一个文明视我们如虫豸，岂不是可以轻松毁灭我们？既然如此，与其消灭它，不如好好想想怎样更好地隐藏自己。

从“黑暗森林”的前提推导出来的合理对策并不是无原则滥杀，而是一句中国的老话：“闷声发大财。”

另外，如果一个文明认为必须消灭其他外星文明，那么他们没有道理不消灭本星球上的其他文明，或者同一文明之内的持不同意见者，甚至必须消灭派去消灭其他文明的先遣部队，正如《三体》系列中人类的太空舰队的命运一样——既然“他人即地狱”，这个“他人”在外星还是在隔壁，并无实质区别。然而问题在于，如果彼此之间连最基本的信任都没有，这样的生物怎么可能发展出能探索太空的高级文明呢？

科幻小说家虽然书写的是幻想中的世界，却永远不能完全摆脱来自现实的影子。《三体》提出的“黑暗森林”，活脱脱便是欧洲民族主义时代“生存空间”理论的放大版。

并不是说作家在作品中描述了威权主义就是犯了思想罪，阿西莫夫笔下的银河系还是帝国政体呢。问题的关键点在于，如果这种威权主义赖以存在的理论构成了小说的核心推动力，而这个理论又完全无法实现在文本内部的自洽，那么这样的作品至少无法向读者提供足够的智力探险式的愉悦，而读者在阅读科幻小说时，期待的正是这种愉悦。

雨果奖投票的激战

《三体》英文版斩获的雨果奖，是北美两大泛幻想文学奖之一。雨果奖由“世界科幻协会”的会员投票选出，通常来说，这些会员是作家和读者。另一项大奖星云奖，则是同行评议奖，由美国科幻奇幻作家协会投票选出。

但凡评奖，难免会有争议。最近几年来，一直有一群自称“科幻界右翼”的人士对雨果奖提出批评。批评的重点在于，雨果奖已经向美国国内的“政治正确”倾向屈服，为了照顾女性、少数族裔等弱势群体，让一些不够优秀的作品捧得雨果奖，而代表着科幻传统的白人男性作家则受到了“不公正的对待”。

他们的抵抗方式，便是拉票。自2013年起，作家拉里科·雷亚和布拉德·托格森都会列出符合“右翼审美”的作品清单，号召网友按清单投票。这项被称为“悲伤小狗”的拉票活动一直没有取得太大进展，直到2015年，活动的一名参与者沃克斯·戴独立出来成立激进版的“狂暴小狗”，并获得恶名昭著的网络暴民团体“玩家门”的刷票支持，大幅度地破坏了雨果奖的提名。

2015 年雨果奖最佳长篇小说提名中，得票最多的五部作品中有四部来自“狂暴小狗”拉票活动。而对数据的分析显示，这四部作品只有两部实至名归，另外两部则分别挤占了本应属于《三体》和《地精皇帝》的入围资格。

所幸有两位被“小狗党”拉票的作家自己也觉得有辱斯文，主动退出评奖，让《三体》和《地精皇帝》替补入围，避免了遗珠之恨。最终入围的五部作品里，两部“小狗党”、两部来自“小狗党”仇视的女作家，另一部是《三体》。

“小狗党”强大的动员能力和雨果奖最佳长篇小说提名“两退两进”震动了美国科幻奇幻读者圈，很多平常并不参与投票的科幻读者专门前来给“小狗党”投出反对票（2015 年的投票数达到 5653 票，比 2014 年增长近一倍）。“狂暴小狗”的领军者沃克斯·戴自己也意识到，之前力捧的作品夺冠机会渺茫，最终的得奖者可能是《三体》和《地精皇帝》之一。

沃克斯·戴决定把“小狗党”的票转向《三体》。部分的原因是他更不喜欢女作家凯瑟琳·艾迪森笔下的奇幻宫廷故事《地精皇帝》，部分的原因是他更喜欢《三体》式的充满技术名词的“硬科幻”，这样的作品更像是几十年前的传统派科幻小说。

主办方公布的数据显示，《三体》最后以 200 票的微弱优势压倒《地精皇帝》，获得雨果奖，而沃克斯·戴和独立观察人士的计算都显示，“小狗党”的拉票为《三体》带来了大约400票到500票的优势，大奖的归属很可能是被这群“关键少数派”决定，所以颁奖后沃克斯·戴第一时间在个人博客宣布，自己是“造王者”。

“小狗党”带来的激战不仅可能左右了最佳长篇小说奖，还让若干个奖项出现空缺，这也让雨果奖这个有着六十多年历史的老牌奖项蒙上了阴影。然而更加值得忧虑的是，沃克斯·戴已经公然宣布在2016年还会继续率领“小狗党”拉票，反对他的读者们也将重新集结。如果在投票机制上没有改革，那么政治立场对于雨果奖的影响在接下来若干年内恐怕会继续下去。

（原载《文学报》2015年9月15日）

很多莫言，为什么只有一个刘慈欣?

陈慕雷

笔者写过一篇探讨刘慈欣写作历程和思想发展轨迹的小文《刘慈欣进化史》，在文章的最后提出了一个问题："为什么中国只有一个刘慈欣？"这句话的含义很简单：第一，为什么在中国能出现刘慈欣这样一个堪与美国科幻黄金时代三巨头相比肩的科幻作家？第二，为什么能出刘慈欣的中国科幻界现状并不让人满意，甚至需要让刘慈欣"单枪匹马把中国科幻拉到世界级水平"？

科幻文学的核心价值何在?

在论述之前，有必要先就科幻的"硬度"这个概念做一下词义辨析。以现实科学理论为依据，合理地构建一个以想象的科学事实为核心展开的是硬科幻，比较强调合理性；软科幻中基于科学技术的幻想只用于辅助情节展开，更接近于传统文学中的幻想文学，更强调文学性。

科幻文学的理想状态应该是基于科技幻想硬核的前提，

探讨人类和社会在特定环境下的变换与状态，这也是传统文学关心的问题。然而，真正实现这一点的作品是很少的。即便是那些科幻大师们的传世名作大多也只能偏重于一方面：

艾萨克·阿西莫夫的《钢窟》系列就常被归类为“侦探小说”，其核心“机器人三大定律”如果换成上帝对新造物的“三戒”似乎也并无不可，在现实中也没有实现的可能。但他的小说对“碳—铁文明”前提下人类和机器人之间的伦理问题的探讨十分深刻，对现代科学伦理都有影响。而海因莱因的《月亮是个严酷的女人》中对人类社会在宇宙时代的变迁的幻想十分严谨，《星船伞兵》中对“动力装甲”的技术描写甚至影响了今天的技术发展，从“基于科学的幻想”来说是非常出色的。但他的这几本书对人性、哲学的探讨就很少，甚至《星船伞兵》一书都很难说是一个完整的故事。

当然，这并不是说这两个人的作品代表了科幻的软硬两极，只能说在“硬度”上略有区别。

相比之下，黄金年代三巨头中阿瑟·克拉克的《2001：太空漫游》为太阳系内进行宇航飞行勾画的路线图十分贴近现实，同时此书直接探讨了人类从哪里来、我们究竟是谁、人类存在的目的如何等传统文学关注的问题，把科学的触手伸入哲学的传统领域，堪称是科幻文学与传统文学的集大成者。

科学不是神迹，不会让你用五饼二鱼喂饱几千人，但是科学可以给你取之不尽的能源，可以带着你穿越超过神话中所想象的最遥远的距离到达另一个星系，甚至还告诉你有可能存在着另一个宇宙。而这一切，都可以用简单明了的数字和公式来表达，任何人只要智力水平够，花时间学习基础知识，就可以理解这一切，而不必苦思冥想等待上苍的突然启发。在科学本身还是一系列简明事实的时代，科幻诞生了，那个时代的人们为科学带来的超越神话和传说的近乎无限的可能性所激动，几乎立刻就向上帝发起了挑战，世界最早的科幻小说《弗兰肯斯坦》就直接探讨了人类与自己的造物的关系。

在笔者看来，科幻真正的核心价值在于它与科学的联系，否则就属于传统幻想文学，并没有科幻小说的基本特征和意义了。当然，事实上，“软”和“硬”的界线并非泾渭分明。我们也没有必要以这作为铁律去衡量一切幻想作品。

科幻文学与时代紧密相关，是只属于现代的文学形式

科幻文学是人类文学史上很近期才出现的东西，它伴随着近代科学出现，随着世界的现代化而发展。在那之前，虽然也广泛存在幻想文学，但是但丁的《神曲》和玛丽·雪莱的《弗兰肯斯坦》之间却存在着无法跨越的鸿沟。科幻文学的本质性要素是科学的内核，科学的本质是可验证，任何科学事实都是

可以重现的。因此科学精神的核心一定是可知论，是反对蒙昧主义。栖身于科学的幻想作品才能具备科幻小说所必需的时代特性。

最近十年欧美国家科幻出现了不少走下坡路的迹象，从根本上说也是欧美国家产业转移和去工业化的结果。虽然好莱坞仍然能够拍摄出《星际穿越》《火星救援》那样的充满技术美感的科幻电影，但《阿凡达》这一类骨子里质疑甚至反对技术进步的大片层出不穷。世界科幻界最重要的两大奖项星云奖和雨果奖也已经许多年没有颁发给硬科幻作品。2012 年的雨果奖最佳短篇小说颁发给了华裔科幻作家刘宇昆，按理说这是一件非常具有突破意义的大事。只是在笔者看来，其获奖的那篇《手中纸，心中爱》（又译《纸异兽》）在以情动人方面是够了，但无论如何也难称之为科幻小说——说是奇幻小说都勉强，因为其中的幻想元素事实上和故事本身几乎毫无关系。这篇故事，更合适的去向倒是《读者》或《知音》。

克拉克曾说：任何成熟的技术看起来都像是魔法。今天的科学已经不再是 19 世纪那种人人都能理解的一系列简单明了的原理和事实。科学技术的前沿离普通人的理解能力越来越远。对于普通民众来说，现代科技只有象牙塔里的少数人能够懂得其奥妙。于是西方幻想文学越来越多地出现“奥术”概念，也就是可以如同科学一样被人们认识和利用的魔法，比如《哈利·波特》中的魔法世界就接近这个概念，所以在那个世界里有保时捷牌的飞行扫帚。

然而这样的幻想世界终究是“不科学”的，这个世界里的魔法还是只有那些先天能感应到魔法的人们才能运用，和广大“麻瓜”们是无缘的。当然，哈利·波特也从来没把自己归入“科幻作品”之中，我们就不对它再多加评论了。

英国著名的讽刺小说《银河系漫游指南》很大程度上反映了普通民众面对越来越难以理解的科学前沿探索的无奈和焦虑，在这本小说里，外星种族——老鼠创造了一个计算世界最终问题的超级电脑，经过几亿年的运算后，它对这个问题给出的答案是:“42。”然后老鼠们才发现，自己还不知道什么是“最终问题”。

普通民众越来越不能理解尖端科学的同时，科学的发展实际上进入了一个新的阶段。事实上，现代理论物理已经深入了神学最神圣的领域，爱因斯坦曾说，“我信仰斯宾诺莎的那个在存在事物的有秩序的和谐中显示出来的上帝，而不信仰那个同人类的命运和行为有牵累的上帝”，这实际上就是无神论的概念。科学已经接近了我们关于宇宙从哪里来，到哪里去的问题的答案。宇宙大爆炸理论对哲学和神学都造成了巨大的震撼。以至于迄今为止教会和宗教氛围浓厚的社会中的大众对此问题只能回避。据说在美国，中学关于“是什么创造了世界？”

的正确答案依然和中世纪教会给出的一样：上帝。

科幻作品的重大问题

新世纪的科幻文艺作品面临着一个重大的问题，它们必须承担起普通民众与尖端科学之间的桥梁任务，这个任务，科普作品很难做到，有很多人试着做了，但都不成功。用端起架子给普通人上课的态度去讲科学道理不行，这一任务应该由文艺作品来完成。然而至今为止，世界科幻并没有给我们一个满意的答案。

刘慈欣能够在中国声名鹊起，很大程度上也跟时代因素有关。他早期的作品如《欢乐颂》《诗云》走的是克拉克一路的宏大描述，后期逐渐向阿西莫夫靠拢，更加注重故事情节。到《三体》三部曲才走出自己的一条独特道路，即以科幻创意搭建小说骨架，再以好看的故事情节和鲜明的人物形象连缀成血肉之躯，最后用哲学思考赋予小说灵魂。他的作品既是刘慈欣本人成长进步的证明，更是中国社会变迁的缩影，也是中国这个社会一些特质发生作用的结果。中国是一个可以自由地宣扬无神论而不会被当作“异端”的社会，是一个全民都有着独特的哲学思辨气质的社会。这两者结合，使中国有可能成为科幻下一步大发展的温床。

中国正在经历一个伟大的工业化进程，从建国之初的几无工业基础到如今的世界工厂，这样的发展速度让人瞠目结舌。如今的中国已经是名副其实的世界最大工业国。每一年、每一天、每一刻都有科学技术缔造的奇迹出现，身处其中的普通中国人不可能对身边发生的这些奇迹一无所感，刘慈欣朴实刚健的叙述性笔调和他笔下奇迹般的大场面恰好就拨到了潜藏在人们心底的这根弦上。

但中国科幻界没能在当代中国这个科学技术受到空前尊重的时代把科幻事业发展成全民族的热点，进而缔造出一种高技术时代的新文学形式，无疑是辜负了这个伟大时代赋予自己的使命。当然也不应该只说科幻界如何，整个中国文化艺术界在这工业大发展的十年可曾拿出过一部基调昂扬向上，反映时代精神的长篇小说或者电影作品？主流文学界的孤芳自赏和故步自封尤其令人痛心，这么多年过去了，一说中国主流作家，还是贾平凹、莫言、陈忠实等人，所写的题材仍是几十年不变的封闭山村黄土地上那些事儿——而且还要美其名曰现实主义题材。当然我不是说不应该写农村、写农民，只是，主流文学界对中国真正的社会现实的注意力明显是不足的。这样的现实，从根本来说源自中国工业化的发展速度大大快过了上层建筑的更新换代，从而导致了中国知识分子阶层与社会现实的断裂。

今日中国科幻界的问题

在世界延绵长达数千年的农业社会里，识字者和统治阶级几乎是可以画等号的。在中国，识字者中的佼佼者，“文学家”，天然就可以和“社会管理者”这个概念重合。然而在现代，任何一个人想要精通所有学科都是不可能的。“识字”早就是全社会的一项普遍技能。但是几千年的巨大惯性，造成了“只有文学家、艺术家才算知识分子”这样一种认识。“公共知识分子”们对每一个社会问题——不管是不是自己熟悉的领域——都发出居高临下的看法。但这些人的见识存在缺陷，发表的意见往往荒唐可笑。另一方面，撑起现代社会脊梁的科学家、工程师们往往不擅长表达自己的意见，或者忙于本职工作没有兴趣来表达意见。结果，社会上科学的声音少了，蒙昧主义的声音就多了。

科幻不是奇幻，它需要基于现实的想象力。这需要科幻作家具有科学素质。历史上的科幻名家中，凡尔纳是博物学家，阿西莫夫长期从事科普写作，克拉克甚至是航空航天方面的开创性专家。刘慈欣的学术水准不见得有多高，但他是实实在在作为一名高级工程师长期在一线工厂从事技术工作，对科技界前沿的信息也一直关注。所以尽管他笔下有不少科学幻想天马行空，但总能以工程师的方式令故事具备“现实性”。

相比之下，国内某些科幻名家在科学方面的知识积累明显不足。这样造成的情况就是相当多的中国科幻小说都是只有一点点科学残渣的“稀饭科幻”，披着科幻皮的心灵鸡汤而已。

更可悲的是大多数科幻小说作家不但不懂科技而且鄙视科技，一说起写作便大谈“科学的局限性”，要“给冷冰冰的科学赋予温暖的东西”。有很多人既不懂得科学知识，也没有科学思维方式，乃至对人性和社会的理解也是一知半解，甚至只把“科幻”当作掩饰自己无知的手段，这样的状态，怎么可能回答得了科幻文学的重大问题呢？

事实上，不接地气也是大多数中国科幻作家的通病，这些人或是尚未毕业的学生群体，或是常年埋头书斋的老雕虫，极少有人能像刘慈欣一样写好普通人，特别是普通老百姓在科幻式场景下的生活。笔者对《三体》第二部《黑暗森林》里的张援朝、杨晋文一对老邻居印象深刻，作者把这两个普通人在巨大危机面前的表现写得如在眼前，这样的手笔没有与同类型人物的长期接触，没有充分的生活积淀是绝对写不出来的。这跟刘慈欣长期在基层单位工作有关，也跟他善于观察、勤于思考有关。最起码他知道普通人想要的是什么。

反观某些科幻作家，他们是活在自己臆想的一个世界里的，他们认为中国一切问题乃至自己的一切不幸遭遇都可以归咎于现存体制，只要中国改旗易帜，一切问题都能迎刃而解。

他们不去研究社会，不去了解普通人，只凭着自己的臆想去写作，这就造成了他们小说中的主要人物或者是心理扭曲变态或者是心智不成熟且极度以自我为中心，故事也完全是空中楼阁。

其实中国科幻小说读者要求并不高，他们只需要作品能够完完整整地讲好一个有点新意的故事而已，但问题是这点要求多数作者也做不到。当然把中国科幻无法崛起的原因只归咎于从业者自身的素质能力也是不客观的，特别是在中国，科幻这种形式还并不为人所广泛接受，在很多人眼里科幻还只是一种面向中学生的东西。也许随着世纪初看着《科幻世界》长大的这批人成长起来以后，全社会对科幻的认识才会稍有所改观吧。

科幻和奇幻本质上是一种梦，只是讲究逻辑的科幻比奇幻需要更多的专业知识和社会素养而已。尽管当前中国科幻的现状并不理想，但我依然相信中国科幻特别是中国科幻的未来是光明的。道理很简单，我们这个工业化初成的社会需要科幻，科幻也需要这样一个伟大的时代。刘慈欣的成功至少表明现今体制对科幻文化的阻碍没有想象的那么大，那么在新一代科幻作者中出现又一个刘慈欣的时间还会长吗？

（原载观察者网，2012 年 11 月 22 日）

互联网大佬为何爱《三体》？

丁爱波

长久以来，中国企业家们的偶像是国外的韦尔奇、乔布斯，国内的柳传志、张瑞敏，这种情形在刘慈欣的《三体》大热之后有了改变。

据悉，诸多互联网大佬对《三体》一书心有戚戚，在不同场合大力推广。中国商业文学界经历诸多教父语录洗礼后，又迎来一轮新的造词运动。

《三体》为何成为中国商业世界的精神图腾？某种意义上，刘慈欣的宇宙社会学公理不仅是工程师、程序员的游戏，也是某种现实的投影。因为越来越多的中国人相信，零和博弈、你死我活，才是商业和货币战争的本质。

中国创业者们的商业“圣经”

随着《三体》拿下雨果奖，科幻文学仿佛一夜之间成为主流文学，各大媒体史无前例地关注起这个小众文学类型，就连一个只爱纯文学的诗人，也禁不住向笔者借阅《三体》。

看上去，这种盛况与莫言获得诺贝尔文学奖时引起的轰动相差无几。

科幻作家刘慈欣的《三体》出版于2008年，此前一直在小众圈里流行,但自从几位互联网大佬成为“《三体》粉”之后，中国的创业者或说迷恋创业的创业者，似乎找到了一部直指心灵以及能够映照他们所理解的商业生态的“圣经”。

大约是2014年下半年，小米董事长雷军发了这样一条微博:“在金山集团战略会上，花了很多时间分享读《三体》体会，其中的哲学道理对制定公司三到五年的战略非常有帮助。”

人人网CEO陈一舟接触《三体》的时间较早，他2012年一次演讲的题目是“谁是中国互联网的面壁者?”，其中的“面壁者”一词，就来自《三体》。按陈一舟的话说，“这套科幻小说非常棒，不输于任何一本国外科幻小说”，“无线互联网是全球的市场，对国内大的互联网公司来说，迟早他们会面临全球性巨无霸公司的远程进攻，就像《三体》这本小说所描绘的状况，特别是第二部《黑暗森林》的故事”。

而360董事长周鸿祎，是个资深“《三体》粉”，他在已经开拍的《三体》电影中得到一个军方智囊团专家的角色，算是能过把瘾。柳传志、雷军、李彦宏，也都在不同场合表达过对《三体》的喜爱。于是，当周鸿祎拿到一个友情客串机会后，就有人呼吁后面几位大佬，也应该出个镜。

马化腾也表示过他很喜欢《三体》，在一场由香港大学组织的论坛上，他与彼时 FT 中文网的张力奋对话。后者问他看什么书时，马化腾直接回答：《三体》，以及刘慈欣最近的几个短篇。

可见，互联网商业大佬都很喜欢《三体》——至少表面上都表达了他们的这种喜爱。

作为商界成功人士，自然对中国互联网从业人士起到“引爆点”般的效果。于是乎，太多互联网行当的人——无论是从业的，还是搞评论的，都有意无意地受到这种影响，开始大谈特谈《三体》。

比如专利领域的评论者说：《三体》为我们揭示了一个道理，生存是文明的第一要素。企业首先要活下去，才能发展壮大。企业生存，专利先行。专利是企业航行在竞争洪流里的“诺亚方舟”，保护自己的发明、实用新型和外观设计，申请专利是最好的手段。不仅如此，专利也是企业展示自身优势、压倒竞争对手的一种有效“武器”。

比如《三体》电影投资人，80 后互联网富豪林奇说：据说老哥写出《三体》系列沉淀了二十年，基本上是本着负责任的产品研发状态在写科幻。在其作品中，除了宏大的想象力，其对于社会学的理解和研究，远远超过一般企业家。

说到底，互联网如果有思维，也是一帮秉承着严谨的科学精神的工程师们带领的启蒙，对于世界构建的最基础元素的理解，才是互联网思维的根本。

从“降维攻击”到“黑暗森林”：互联网的生存与毁灭

《三体》为什么会受到互联网行当里关键人士们的喜爱?

应该说，这和小说里所陈述的一些理念有关。

可以这么说,《三体》中的很多理念，尤其受到互联网企业掌门人的追捧和青睐。

必须承认,《三体》的风行与这一波互联网创业潮紧密相关。书中所提到的各种词汇、理念以及左派精英的革命气质，归拢了创业者们无序的激情和无尽的野望。

毋庸置疑，几乎所有中国创业者骨子里都有一种军事领袖的气质。

韦尔奇太客气，乔布斯太媚雅，而且他们的商业哲学是建立在西方法权体系之下的企业理念，经历过诸多社会变革的中国企业家，自有一套更加残酷更加革命的商业法则。从优秀到卓越，从卓越到伟大，这些东西依旧满足不了他们，他们喜欢不朽。

不朽需要一种价值观的革命。《三体》的达尔文法则以及文明旦夕毁灭的末日景象，与中国创业者 Cult 般的崛起之路非常合拍。

比如说“降维攻击”。这是攻方对守方一种毁灭式的打击——比如《三体》里所提到的四维生物对人类这种三维生物的攻击，或者人类这种三维生物对蚂蚁这种（“事实上”的）二维生物的攻击——守方完全无力抵御，而且过程很短，瞬间被灭。这几乎就是互联网企业在竞争中的真实写照，比如高频应用能够迅速击垮低频应用，因为前者的用户活跃度之高，不是后者能比拟的。用户活跃度，俨然成了企业在哪个维度的评判标准。

还有“生存理念”这样一个关键词。

《三体》对“生存”这两个字的描绘,显得有些黑暗——“生存是一种幸运”。

在互联网行当，很早就有“赢家通吃”的马太效应，基本上一个细分领域，两三家巨头就可以把整个市场瓜分殆尽。互联网企业的危机感非常强烈。

再者,《三体》的“黑暗森林法则”中有一点提道 :“任何一个不起眼的小文明，在宇宙尺度中很快可以通过技术大爆炸超越自己。”这让很多互联网商业大佬心有戚戚。自人类进入互联网商业时代以来，短短二三十年，标杆已经几易其手。在美国，AOL、雅虎之类的巨头，迅速被谷歌超越；而谷歌，也面临着 Facebook 这样企业的严重威胁。

在中国，早期三大也好四大也好的门户，早就被百度所替代，而一度在中国市值最大的百度，也迅速在BAT（百度、阿里、腾讯）中只能排到第三的位置，它目前的市值甚至不及AT的一半。一度被吹嘘为“现象级产品”、声称要改变中国的微博，也就“现象”了两三年。

互联网经济带有强烈的指数经济特点，从1到2到4到8这些阶段，可能非常不起眼。可一旦进入高速增长，它的高速能够让人叹为观止。可以说，没有一个巨头，能够睡上一个安稳觉。

《三体》所描述的宇宙，是一个非常残酷乃至黑暗的宇宙，带有达尔文主义的色彩——倒不否认外星文明和人类可能真的是这么残酷和黑暗。网上有人总结为16个字：伪装自己，保护自我，发现目标，干掉对手。而互联网企业的生态，也与此基本差不多。

《三体》的世界，就是一个“生存或者毁灭”的世界，很有些早期资本主义的特点：谁拳头硬，谁就是秩序。虽然互联网已经慢慢成熟，但互联网资本依然还有原始的特点，野蛮生长的特点。《三体》所折射出来的文化，正是当下全球互联网的商业文化。而随着互联网的深入渗透，互联网商业文化成为大众文化，也就丝毫不奇怪了。

曾记否？早年中国互联网企业也很推崇这样一种文学品类：武侠小说。

同样地，武侠小说也推崇——谁拳头硬，谁就是大哥，谁就是秩序！

“毁灭你，与你何干？”——《三体Ⅲ》里这句牛气冲天的话，着实是互联网商业大佬们内心深处的写照。

配套的一个数字是：第十二次中国国民阅读调查显示，2014 年中国成年国民图书阅读率为 58%。所谓图书阅读率，就是一年读了一本书就算你图书阅读了；所谓成年，就是包括数千万至少要看看大学语文、大学英语的大学生在内的 18 岁以上人群。

好吧，《三体》，应该是其中一本。

最后一个问题，除了一系列的暗合，互联网创业者痴迷于《三体》还有其他原因么？

一个简单的回答是：至少在过去，科幻读得少——要知道，这也许是中国互联网界第一次大范围拥抱科幻。这次代表刘慈欣上台领取雨果奖的译者刘宇昆就曾表示：在美国互联网圈的概念里，科幻与互联网很多时候属于同一讨论范围，“互联网工作者怎么可能不对科幻感兴趣”？就连一向低调的刘慈欣，也霸气外露了一回：“不要问为什么互联网界会对《三体》感兴趣，要问为什么中国互联网界到现在才开始对科幻感兴趣。”

（原载《齐鲁周刊》2015 年第 38 期）

《三体》缘何赢得世界读者青睐

何明星　张冰烨

《三体》的世界影响有多大？为什么？这是每一个关心中国文学走出去的人都想知道的。

在世界最大的读者网站 Goodreads 上，自《三体》英文版 2014 年年底面世至今，各个国家、地区的读者就一直在上面讨论不断，截至 2016 年 11 月底，三年时间共有 24645 名读者关注《三体》，给出 5 分的有 8149 人，占 33%；给了 4 分的有 9950 人，占 40%，这表明有 73% 的读者喜欢这本书。其中有 3571 个读者撰写了书评。这些书评，透露了《三体》赢得世界读者青睐的密码。

本文选取了前 200 条书评，获得有效数据 195 条。从中发现，这些读者来自三十多个国家和地区。其中美国读者最多，达到 52.82%，其次是英国读者为 9.23%，再次澳大利亚读者为 5.64%，西班牙读者为 5.12%。除传统发达国家之外，一些发展中国家的读者也在上面撰写了自己的感想。如南非、巴西、印度、坦桑尼亚、科威特、克罗地亚、乌克兰、乌拉圭、智利等国家的读者，这些都是此前中国文学作品的反馈很少见到的。

表 1:《三体》读者的国家、地区

国家	读者书评	比例	国家	读者书评	比例	国家	读者书评	比例
英国	18	9.23%	爱尔兰	2	1.02%	科威特	1	0.51%
澳大利亚	11	5.64%	越南	2	1.02%	葡萄牙	1	0.51%
西班牙	10	5.12%	拉脱维亚	2	1.02%	克罗地亚	1	0.51%
加拿大	8	4.10%	新西兰	2	1.02%	乌拉圭	1	0.51%
土耳其	7	3.58%	南非	2	1.02%	冰岛	1	0.51%
罗马尼亚	4	2.05%	印度尼西亚	1	0.51%	智利	1	0.51%
日本	3	1.53%	巴西	1	0.51%	以色列	1	0.51%
立陶宛	3	1.53%	印度	1	0.51%	比利时	1	0.51%
荷兰	3	1.53%	坦桑尼亚	1	0.51%	法国	1	0.51%
美国	103	52.82%	德国	1	0.51%	乌克兰	1	0.51%

最为值得关注的是这些来自三十多个国家的读者的书评，包含了大量的跨文化传播过程中不同文化碰撞的火花。本文按照作品风格、故事情节与翻译两个角度分析读者对于《三体》的认知和态度。

在作品风格和故事情节的分析中，有 27.18% 的人明确提到了“中国科幻小说”，有 28.72% 的读者认为“很好”，17.95% 的读者认为《三体》是“最好的”“杰出的”小说，三项合计为 73.85%,恰好印证了两万多读者给《三体》打出 4 分、

5 分的人数比例。可见“中国科幻”小说、“非西方风格”是《三体》赢得了世界上这么多读者青睐的主要原因。比如有个英国读者写道：“作为一个英语国家的读者，我读的大部分小说都是西方式的或者英语国家式的。这部小说让我读起来感觉很新鲜，人物不再是常见的美国式的、英国式的或者欧洲式的，也不是澳大利亚式的。刘慈欣的书是一部很好的阅读包含中国历史文化的科幻小说，也是一部不错的体验阅读不以英语国家和说英语的人物为中心的小说。”有些美国读者写道：“没有让我失望，与我读过的科幻小说很不一样，期待阅读下一部”，“我很喜欢这部小说，它充满了令人惊喜的科学概念，此外小说中的观点是非西方式的。”

“中国科幻”也是出版商所宣传的卖点。美国托尔出版社在 2014 年 10 月出版这本书时，就在《纽约时报》《华盛顿邮报》《出版商周刊》等一系列媒体刊发了大量书评，打出的宣传口号就是“中国最畅销的科幻小说”，可以让英语世界的科幻迷们“换换口味”。从这一点上看，出版商也成功地赢得了市场。

文学阅读的习惯与口味是历史累积形成的，要想改变很难。也正因为如此，有 15.9% 的读者对《三体》的“中国科幻”风格虽然感到很有趣、很新鲜，但是难以接受其中的故事和情节。有的指出“阅读不同风格、语调的科幻小说有趣，让人耳目一新，但是小说故事过于干瘪。我会阅读下两部，希望下两部小说水平会有所提高”；有的认为“中国风格的写作，读起来感觉很不一样。我很喜欢故事本身，故事开头过于冗长、缓慢”。另外有 10.25% 的读者给出了低分，认为“无趣，不喜欢”。这类读者有的直接写道：“我对这部书的感觉非常复杂。书中一些部分的叙述过于干瘪，没有连贯，故事跳跃性太大，我不能够很好地理解，或许因为我不太了解中国历史。我没有读完这本书”；有的指出“叙述风格很陌生，可能因为翻译手法或者中国科幻小说元素，我不太喜欢这部小说”；有的就直接表示“我非常失望，很无聊，不知道是因为翻译问题还是文化差异”。可见，跨文化传播在价值观、思想方式层面上，是最难突破的。

图 1：世界各国读者对于《三体》的评价

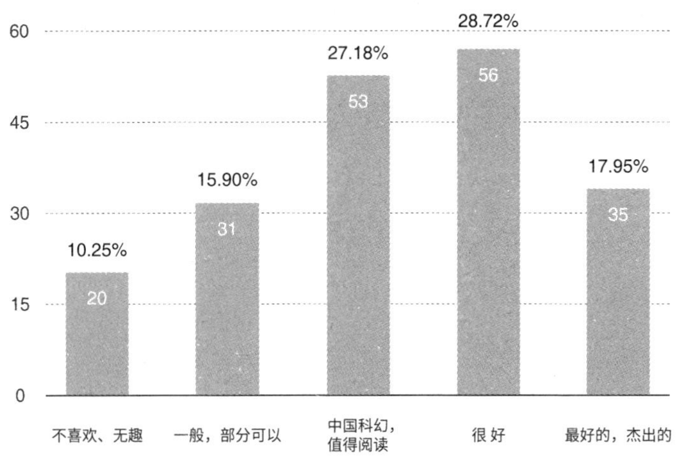

在翻译的分析中，可以说《三体》获得了巨大的成功。由于《三体》的英文译者刘宇昆，是个长期生活在美国的华裔科幻小说作家，熟悉西方读者的阅读习惯，因此他的译文为《三体》加分不少。在《三体》的翻译评价中，绝大部分读者都给翻译打出了高分，在这些书评中，充满了“非常好”“优美的、令人震撼的文笔”等等赞誉之词。如有的美国读者写道，“虽然我不能读中文原文，我还是觉得刘宇昆翻译得很好。译文很自然，缺少修饰性的语言，这是刘慈欣的风格”；有的认为“《三体》的翻译是非凡的，刘宇昆出色的翻译让人感觉不到译文痕迹”。翻译中国文学作品时，对于一些跨文化背景介绍，加上注释是一个通常采用的办法。《三体》的翻译，虽然是部小说，但刘宇昆也加了一些注释。再如对于人名的翻译，保留了中文前姓后名的习惯，如将作品中的人名“丁仪”直接译成 Ding Yi。但对于中国人名的含义，则照顾西方读者，尽量简化，如将“小汪（人物之一汪淼）”直接翻译称为“Xiao Wang”。许多读者也注意到了译者的精心努力，纷纷写道：“翻译很棒，文笔优美，我读的时候不感觉是翻译。我很喜欢刘宇昆翻译中国文化元素加的注释”；有的评价道：“刘宇昆的翻译非常漂亮，行文优美。其翻译最出色的地方在于对保留中文和英文写作风格、句子结构间的差异，令我印象深刻。”甚至有个读者直接建议，“我非常赞同刘宇昆的后记里的观点。我觉得今后中国作品的译者都应该读这篇后记。所有人（译者）都应该为翻译作品奉献并对作品尊重负责”。可见，刘慈欣今天能够获得如此高的世界知名度，恰恰是因为遇上了刘宇昆这样兼通中西文化的译者。

时至今日，中国科幻文学作品的出版还不足一百种，在中国当下文学阅读的汪洋大海中，科幻文学不过是一个极为微小的浪花。但是，这个在中国还极为小众的文学门类，却获得了世界文坛的关注。2014 年《三体》英文版面世后，2015 年即获得科幻文学界的最高奖——雨果奖，凭的就是“中国科幻文学”的概念。毫无疑问，“中国”是当今世界媒体、出版以及文化舆论中出现频率最高的词汇，日益增强的中国世界影响力，是《三体》“一炮打响”的强大背景。Goodreads 网站上两万多个读者的关注与评价，再次验证了这一点。

（原载《人民日报·海外版》2016 年 12 月 1 日）

《三体》轰动

泰勒·罗尼

> 收到以上信息的世界请注意。你们收到的信息，是地球上代表革命正义的国家发出的！这之前，你们可能已经收到了来自同样方向的信息，那是地球上的一个帝国主义超级大国发出的，这个国家与地球上的另一个超级大国争夺世界霸权，企图把人类历史拉向倒退。希望你们不要听信他们的谎言，站在正义的一方，站在革命的一方！

这是刘慈欣无与伦比的《三体问题》小说里,中国在“文革”的高潮中向群星发出的第一条信息的初稿。这本小说由刘宇昆翻译成英文。这个故事以不远的将来和中国的历史过程为背景，直面科学与其表面上看起来不同的实质。事实上，解释那么多就像是剧透了,可以说,《三体》结合阿西莫夫的严密逻辑与尼尔·斯蒂芬森的超现实维度创造了一个世界，一个完美而绝望的世界。

比较刘慈欣和西方作家的作品可能看起来很奇怪，但是刘慈欣承认,他读过的“科幻小说的相当一部分”来自美国。在中国，充满智性的科幻小说有一段艰难的发展时期，想象未来并不那么容易,但是无论如何,刘慈欣的作品从各个方面来说都是杰作。

我不能确定是什么驱动他写出了这部作品——质子层面的神秘和阴谋。刘慈欣带着沉重的口吻讲述了这个故事：一群虚构世界中最伟大的科学家、思想家和天才们的故事；然而，一个卑微的北京警察可能对阅读《三体》提出了最好的建议："邪乎到家必有鬼。"

这是《三体》中大史（更像是雷蒙德·钱德勒小说里的人物）说的话，这位警察的话可以说为这部作品定了调，因为惯常的科学逻辑一点儿用都没有。你根本想象不到什么将会战胜刘慈欣所虚构的天才们叠床架屋的判断。简单地说，像个警察，而不是像科学家一样思考。正如主人公汪淼所说："伪科学最怕另一种人，他们很难被骗：魔术师……比起科学界的书呆子来，你（指大史，译者注）多年的警务和社会经验显然更有能力觉察这种大规模犯罪。"

汪淼和大史是书中两个最容易理解的人物——受惊的科学家和头发花白的警察。大史被汪淼描述为"他的无畏来源于无知"。然而,《三体》中还有一大群可以理解的极端人物：背叛其种族的叶文洁，超级环保主义者麦克·伊文斯，懒散的天才魏成，最极端的是，一群想象中的、横跨东西方的历史和现代人物聚在一起，这从未成真。

在这个满是天才和人才的世界里，我们所知的文明的消亡是显而易见的。但是，很大程度上我们所知的文明本身就是小说中的一个角色。无论是僵尸或自然灾害，恶托邦的时尚潮流到处泛滥于书架，而这一概念在《三体》中发挥了重要作用。首先，刘慈欣设法在数光年之外为地球创造了一个似幻似真的陪衬，其中空间的自然运动造成了无法确知的恐惧，导致（那里的人）同样不可避免地走向和地球一样的残酷和疯狂。

但是，这不是刘慈欣作品的主题。事实上，这只是众多设定之一。《三体》令人印象最深刻的方面之一，是通过时间（和相关现实）的无缝衔接讲述了一个线性故事，同时还能从一个角度跳跃到另一个角度。小说通过这些来讲故事：草拟的政府文件，个人悲剧，审讯的文字记录，以及最让人难以忘怀的、堪称有史以来最伟大的电子游戏概念。

造成这种跳跃的部分原因是，刘慈欣使用的科学既是创造性的，复杂的，又是或可能是推测性的。例如，魏成在解释物理上的三体问题时，对混沌理论之父亨利·庞加莱是这样看的："全世界都认为这人证明了三体问题不可解，可我觉得可能是个误解，他只是证明了初始条件的敏感性……但敏感性不等于彻底的不确定。"

对于科学爱好者来说，《三体》是一个大杂烩。从计算和数学到应用力学和粒子物理学——在刘慈欣笔下科学征服一切的疯狂世界中，这些（和更多）学科的历史和理论发挥了不可或缺的作用。在许多方面,《三体》是关于科学的故事,它做出假设,带来希望,等待厄运。

这并不是说,不知道洛希极限方程的人不能享受或理解这本书;其实,《三体》如此受人喜爱,不是因为科学的阐述,而是它非凡的想象力。魏成在佛教寺庙中通过冥想形成了他的理论,想象出空间的完全真空和物质在全然虚空中的永恒运动。说得委婉些,科学推测变得令人迷醉。在对单个质子维度展开的尝试中,粒子变成一维的——一个质子的质量被拉伸成一条长达1.5万光年的线。

所有这些优雅的科学想象先不论,《三体》提出了一个问题,一个在科幻编年史上非常古老的问题:人类是否应该臣服于一种未知的但先进得多的智慧生命。这个问题对于刘慈欣的每个角色都有新的意义。小说让读者把这个问题提给叶文洁这样的人,而谁又能够在目睹"文革"的恐怖和疯狂、了解"美帝国主义者"和"苏联修正主义者"即将造成核毁灭之后,坚持认为人类拥有高贵的命运呢?这个问题也可以问问星际环保主义者麦克·伊文斯,不久的将来他所关心的星星在生态上似乎会和今天一样无可救药。懒散的天才魏成也意识到无济于事,他说:"现在全人类已经到了'叫天天不应,叫地地不灵'的地步了。"

从干练务实的常将军告诉主角汪淼物理学家已经开始自杀的那一刻起,这种绝望的感觉就弥漫于小说之中。从这里开始，科学本身陷入疯狂。汪淼问道："难道世界的稳定和秩序，只是宇宙某个角落短暂的动态平衡？只是混乱的湍流中一个短命的旋涡？"这是驱动读者扪心自问的问题。小说的大部分都让人觉得好时光已经结束，可怕的事情正在发生；常伟思说："是的，整个人类历史也是偶然，从石器时代到今天，都没什么重大变故，真幸运。但既然是幸运，总有结束的一天；现在我告诉你，结束了，做好思想准备吧。"

在《三体》的宏大博弈（而不是《三体》虚构的三体游戏）中，每个人都扮演着棋子的角色。一旦逻辑本身是可疑的，栽培阴谋论就没有意义，所以读者必须学习像大史一样看待事情。他说："我是个一眼能从嘴巴看到屁眼的直肠子。"这是唯一跟上刘慈欣自己的小魔术的方法——看着《三体》中的两个，就知道他在摆弄第三个。

《三体》中一个重要的方面是时间和等待：五十年的等待，四百五十年的等待，数不尽的千年等待，在演化发展的尺度上等待。所以，注意，这只是《三体》三部曲的第一本。读了这本书的英文读者的漫长等待会延续到 2015 年 7 月 7 日，那时后续的《黑暗森林》将进驻英文书架。

（Talor Roney，*Threc-Body Barnburner*，原载 *The World of Chinese*，2015 Issue 2，陈越译）

《三体问题》中的科学及其与自尊的关联

查尔斯·Q·崔

一个绝密的军事计划。

一场秘密战争，人类有史以来所面临的最艰难的一战。

令人费解的谜团。

一系列超科学武器，一个比一个更为强大和神奇，甚至包括一种被认为比核弹更重要的技术。

外星人可能是救世主，也可能是侵略者，或两者兼而有之……

所有这些以及更多的精彩内容汇聚在刘慈欣的《三体问题》中。《三体问题》是三部曲的第一部，《三体》整个系列在中国大受欢迎，现在终于来到了英语世界。

让我们来看看这个故事所立足的科学，给那些尚未阅读《三体问题》的读者来点儿剧透。

故事情节归根结底围绕着人类与外星人的第一次接触展开。外星人的奇特生理构造设计得很巧妙——两个细节就勾勒出他们在室内室外是什么样的，没错儿，最震撼的是他们可以自己脱水，就像纸一样卷起来，以度过他们的星球所遭受的不可预测的极端酷热和严寒。但这些细节读起来，让人觉得是他们所生活的世界上非常自然的结果，这足以让人明白，这些外星人在他们的整个历史上过着一种多么离奇的生活。

外星人的生理构造和他们想联系地球的原因，直接涉及小说标题这个概念——三体问题。听起来并不复杂——你能预测三个物体如何以一个重复的模式彼此环绕运动吗？然而，这个首先被艾萨克·牛顿认识到的问题，三百多年来一直困扰着科学家们。正如小说中的一个角色所说："三体是一个混沌系统，会将微小的扰动无限放大，其运行规律从数学本质上讲是不可预测的。"直到不久之前，研究者才发现了三族以上的特解。

三体问题给外星人带来的后果，进而对人类产生影响，最终推动了故事的情节，使它成为这本书合适的标题。小说中，关于三体问题的错误逐渐毁灭了整个文明；三体系统的影响逐渐使一个星球分崩离析。阅读一本立足于这样一种强大思想力量的老派科幻小说，令人耳目一新、心满意足。

值得注意的是，科学推动的不只是故事情节，还有人物的变化发展。小说的开篇是一出悲剧：一个科学家被当众殴打致死，原因是他相信诸如爱因斯坦的相对论、量子力学的哥本哈根解释、大爆炸理论这些科学思想。这是一个残酷的场景，叠加了对伽利略和圣女贞德的审判。主角叶文洁是这个科学家的女儿，毫不夸张地说，她本人作为一个科学家的经历——她所忍受的残酷和背叛——以我浑然不觉的方式，最终确定了人类历史的走向：作者的写作技巧有这样的特点。在现实生活和小说中，科学都可以成为非凡戏码的源泉，《三体问题》完美地说明了这一点。

正如科幻小说所必需的那样，书中提出了许多华丽的科学技术。例如，故事中军队最终使用的一种花哨的武器，是被称为“飞刃”的超强纳米细丝。通过将这种细丝横贯巴拿马运河，飞刃像热刀切黄油一样把一艘毫无防备的敌船割成了碎片。包括全景头盔和触觉反馈套装在内的虚拟现实套装在几乎和当今一样的故事世界里也很普遍。

然而，尽管小说中的科学和技术如此华美，我欣赏的是书中更为精妙的细节，这些细节所描绘的科学家像真正的科学家一样思考和行动。我欣赏需要向纳米技术研究者解释粒子物理学这一点，这很容易理解，因为他不可能像一个电影里的科学家一样全知全能。有一个场景可以放在尼尔·德格拉斯·泰森的宇宙系列里，这个场景激动人心地描述了叶文洁在做出科学发现时的惊奇感受——太阳可以在针对可能的地外生命发射空间信号时充当放大器——这最终导致了第一次接触。这个突破也是书中的一个精神宣泄时刻，成为叶文洁的一个胜利。她一生都不被信任，还因为她所促进的知识失去了家人。她克服了这些困难，对自身价值的确认与人类的伟大飞跃携手并进。为了描述主人公在父亲被杀后的感觉，作者刘慈欣使用了一个深深植根于科学的隐喻："悲伤已感觉不到了，她现在就像一台盖革计数仪，当置身于超量的辐射中时，反而不再有任何反应，没有声响，读数为零。"

这本书中有很多科学的例子，它们太过先进，以至于看起来很神秘，还有一些古怪的场景，读起来像出自斯坦尼斯拉夫·莱姆（波兰著名科幻作家，代表作《索拉里斯星》《机器人大师》等，译者注）的小说——游丝般的线条和巨大的反射球面，四面体，立方体，环，锥体，莫比乌斯环和其他几何体倏忽而来，倏忽而去，布满天空。我个人怀疑是否会真的发生任何这样的事情，但在相关的科学层面——比亚原子粒子尺度更小，涉及更高维度的工程——谁都不知道什么是可能的，而作者独具匠心地描绘了未知的神奇性质。

许多西方读者可能会感到奇怪的是，为何单是小说的中国性就使它看起来像科幻小说。对于那些不熟悉事实和文化的人来说，中国历史上的事件可能像是一个完全陌生的世界。例如，主要人物提议的造成第一次接触的实验几乎中止，因为它需要将能量束瞄准太阳，而这可能会被视为对领袖的攻击。甚至是细小的文化指涉，例如一个被描述为"中国的托马斯·品钦"的人，都创造了一种适合于科幻的异国情调。

这部小说也不是没有缺点：许多人物是陈旧套路（例如，“不停抽烟的粗野警官”），虽然这些人物偶尔不落窠臼——刚才提到的警官拥有夏洛克·福尔摩斯式的洞察力——他们仍然不能给人留下深刻印象。一个围绕外星人的巨大阴谋在地球酝酿，牵涉到有影响力的著名政治家、科学家、高管、作家、名人，等等。然而，密谋者却非常不善于隐藏自己，这让人产生了疑问：为什么他们没有更隐秘些，为什么他们又没有被更早地发现——例如，在咖啡馆里让可能加入的人知道了外星人的存在，但又发现这些候选人可能并非志同道合者，之后就这样让组织本可以吸收的人带着改变世界的知识扬长而去，却显然没有造成任何后果。此外，为什么一大批科学家自杀是个未解之谜，但当你发现事情原委时——外星人让粒子加速器的实验看起来毫无意义，让科学家们看见异象，比如闪烁的数字——对我来说，这似乎不足以让科学家们自杀。

小说还有其他缺陷：人类和外星人似乎在翻译对方的信息时没有遇到任何问题——给出的解释是举手之劳。虽然这个问题肯定不是科幻小说独有的，考虑到作者为营造书中其他地方的科学感付出了多少努力，看起来还是有点刺眼。对我来说，更大的问题是一个强大到难以置信、几乎拥有超自然力量的设备是如何被呈现的——质子通过电路蚀刻，被改造成人工智能超级计算机，能够自我操作，以接近光速的速度运动，摧毁它们所撞上的任何物体。然而，在这本书中，这种神奇的技术基本上只用来耍些小把戏——淆乱粒子加速器中的探测器，并在科学家的眼中制造幻象——而这种超级技术的界限没有得到说明，让人不禁想问，它是否能被用作杀死或至少让地球上的所有人失明的超级武器。

尽管存在瑕疵，《三体问题》仍然是引人入胜、富有想象力的作品。这部小说本身就是一个三体问题——一个三部曲的一部分，它极具魅力，足以吸引许多读者在未来一起去探索这个三体系统的其余部分。

（Charles Q. Choi，*The Science of The Three-Body Problem and How It Ties into Self-worth*，原载 www.tor.com/2014/11/25/three-body-problem-science/，陈越译）

附录 1

《三体》与中国科幻的世界旅程

刘慈欣　吴　岩

2015 年 8 月 23 日，第 73 届雨果奖在美国揭晓。中国作家刘慈欣凭借科幻小说《三体》英文版第一部获最佳长篇故事奖，这是亚洲人首次获得雨果奖，也是中国科幻走出国门的重要一步。

刘慈欣此次获奖不仅让世界看到了中国科幻文学的存在与发展现状，更强有力地鼓舞了国内科幻文学作家的创作，也让更多中国读者了解了科幻文学这个相对小众的文学门类。但同时，我们真的了解科幻文学吗？科幻的定义到底是什么？中国科幻文学与欧美国家相比，还存在哪些缺陷和不足？为此，我们特邀科幻文学研究者、作家吴岩与刘慈欣展开对话，希望能就相关问题解答读者的疑惑。

获奖：机遇还是必然？

吴岩：不止你一个人在写，中国还有许多科幻作家在创作但却没有获奖，你的努力跟别人的努力差异在哪里呢？

刘慈欣：首先，机遇运气的成分很大。具体是什么机遇什么运气我说不好，可能有多种因素组合在一起形成一个良性循环，这是《三体》到今天取得成功的一个很重要的因素。当然和它的内容可能也很有关系。今天中国读者的欣赏取向很可能和美国三四十年代的欣赏取向相似，但是我们的作家却已经进化到美国当代科幻作家的档次，这之间拉开了一个距离。而我恰好缩短了这个距离，去附和中国读者这个期望。至于美国读者为什么能接受《三体》，我认为其实美国科幻近年来多少失去了一些活力，不如以前。

吴岩：这本书走向世界，当然有机遇成分，但更多的还是必然性。我想问问，它和中国当前在世界的状况有关吗？有理论说，科幻发展跟帝国主义之间具有一定的关系，中国正在走向帝国主义甚至扩张吗？

刘慈欣：获奖确实可能与中国的国力强盛有关系。科幻是国力的晴雨表，科幻在英国出现并且崛起的过程，正好是大英帝国崛起的时代；它在美国崛起的过程，正好是美国国力急剧上升的时代。中国能获得美国科幻界的承认很可能跟中国的国力崛起有关。但是至于扩张，由于中国本身的民族个性没有明显的帝国主义愿望，当前也没有这个能力，只是开始崛起，没有扩张那么夸张吧？中国无论如何不是一个帝国主义国家，更不是一个扩张的帝国主义国家，不能把《三体》当成中国输出世界的先兆，那是不准确的。

吴岩：那么，科幻是不是有普适性？它被世界接受跟这种普适性有没有关系？

刘慈欣：我认为科幻有普适性，因为科幻是很少的一种文学体裁，在这种题材中，人类是作为整体出现的。科幻中所面对的危机也好，道德观也好，价值体系也好，肯定是面对整个人类的。主流文学描写的人是分民族、分国家的，因此，主流文学所探讨的价值很可能也就是一部分人的价值。但是人类在科幻中确实就是作为一个整体、一个文学形象出现的。地球在宇宙中就是一个很完整的点，科幻所探讨的价值当然是针对这个整体的。

吴岩：但各民族还是有些差异的，我听说这次TOR出版公司的编辑让你修改了许多涉及女性主人公的情节，要让作品达到美国的“政治上正确”，这是真的吗？

刘慈欣：这个报道有些夸张。美国编辑提出了上千条意见，关于性别的不到10条。我们也按照对方的意见修改了。这个很正常，不同的文化环境有不同的反应，但是这个反应是很轻微的。更多的修改是技术性的。

反思：价值与独特性

吴岩：让一切回归当初吧。从中国科幻的历史思考你的存在，是件很有意思的事情。我记得在20世纪80年代，一批科幻作家勇敢地崛起，去倡导全新的理念：科幻要真正走出科普的迷宫，要能成为反映社会的先锋。那批作家立刻取得了广泛的认可。这个思潮持续了大概二十年，然后，你出现了，用强大的力量把这个思潮拉回到原点。你是逆历史潮流而动的人，但你却成功了。这是为什么？

刘慈欣：我认为是的。科幻的核心价值肯定就是科幻最传统的理念，我不好准确地概括，就是基于科学的想象的核心。但是，我也不认为科幻创作太单一是一个好事，我认为"社会科幻"也好，"科普科幻"也好，应该有各种各样风格独特的作品存在。"社会科幻"和"科普科幻"之间并不矛盾，作家要保持自己的风格。但作为出版界，应该意识到"核心科幻"的存在，意识到保留这种科幻的价值，否则文类就失去了存在的依据。

吴岩：科幻的思维形式、想象形式是什么？它的作用是怎么样的？

刘慈欣：科幻分为狭义的科幻和广义的科幻，狭义的科幻指的就是科幻文学，但是广义的科幻是它的思维方式。中国根本就没有这些思维方式，即便从西方文化来看，这种思维方式也很少见。这个思维方式的特点是介于科学和文学之间的、在已经实证的科学理论基础上进行的思维。但是它没有科学那么严格，没有受到那么多定量、方程式、实验结果的束缚；具有文学的发散的自由，甚至是意识流、下意识的，但是它又不像文学那样完全以感觉(个人的)为基础。比文学还要更严谨一些。

人们以前一说起科幻来，就谈到科幻和科学的关系，不管是口头上还是潜意识中都认为，科学是一种束缚，是戴着镣铐跳舞,因为它要遵从科学原理,不像奇幻、魔幻等那么有想象力。其实我觉得恰恰相反，科学它不是个束缚。举个例子：最无所不能的无疑是上帝这个造物主了，七天之内创造世界，这也可以看作是一个宗教奇想。但科学创造世界的能力是多大？按照现在的暴胀宇宙学说，宇宙从一个粒子扩展到一个 150 亿光年的尺度需要多长时间？ 10 的 43 次方元,这个能力上帝能有吗？这比他的能力超出太多了,而且科学中最新描述的多宇宙图景，有无限多的宇宙，每做出一个决定宇宙就分裂为二，这种能力和图景远超过奇幻所能想到的。让一个奇幻的脑子想象一种无所不能，这种大尺度，这种状态的无所不能，它想象不出。所以说，科学提供的可能性远比奇幻、魔幻要大得多。

我认为，科幻思考的对象以及它的自由度比普通文学的思维要大得多，特别是现代科学引入之后，这种现象更加明显。通常，人们把爱因斯坦的广义相对论以前的科学算作经典科学，而广义相对论以后的科学都算现代科学。但科幻对古典科学和现代科学的划分与此不同。我认为那些基于常识的、不违背常识的科学是古典科学，而违背常识的科学属于现代科学。现代科学的最前沿和常识已经全无关系，它展现的是一个完全脱离常识的世界。现在的科幻作品，就是要基于这种状态进行撰写。当然，如果既有常识的世界，也有远离常识的世界，你的自由度就大多了。科幻思维基于科学但并不基于现实，基于科学使它有了更广阔的空间。科学帮助科幻思维摆脱了文学思维狭窄的束缚，把它从文学思维中解放出来。空间和时间在科幻思维下被压缩折叠，你见过纯文学或奇幻文学中折叠的世界吗？

科幻思维：真实与猜想、排列性和非线性

吴岩：《西游记》里有啊，把某个人收到葫芦里面。葫芦的世界，是不是折叠的世界？

刘慈欣：是。但是《西游记》里的葫芦能收多大的东西？很小吧？奇幻里的超能力，超不过月球轨道。它能够收的无非就是一个人，把花果山上的瓜果装到一个袋子里，最多把一座山装进去，它能想到把整个宇宙装进来吗？在今天的物理世界

中，宇宙出生之前就是一个粒子，很小。而一个巨大的星系塌缩成一个黑洞，变得比粒子还小。在科幻作品中，大星系塌缩为黑洞，粒子爆炸成宇宙，这种壮丽和视觉冲击力远大于孙悟空的能力。

吴岩：太上老君要把世界炼成一个金丹，难道不就是这个意思？只不过没你写得这么壮丽而已。

刘慈欣：关键是他潜意识中的时空尺度。太上老君心目中的世界有多大？人们常说佛教的世界是无比广阔的，这一点我可以承认。但是它比现代科学的世界广阔吗？差得还很远。科学家提出过所谓的“卡比丘空间”，在每一个“卡比丘空间”中都有一套自己的自然规律或说物理规律。而卡比丘空间的数目有多少？现在计算说多到 10 的 500 次方个。要知道，全宇宙的粒子的数量只是 10 的 80 次方。不但如此，这个观点提出者认为，在每一套物理规律里面还可以有无数的宇宙。

当然，我也不得不承认，佛教世界的设定接近了这个最终的尺度。除了这个例外，其他的，不管宗教也好，文学也好，奇幻也好，它们的世界狭窄得很；和科学提供的时间尺度来比，它们就是一个果壳。果壳里的宇宙，很小。有这个意识已经很好，但太上老君或佛教展现出的世界，其震撼性远不如科学的想象。

吴岩：无限多个宇宙，其中必有怪异的生命存在。

刘慈欣：李淼教授的博士生李建龙翻译过一本书，叫《隐藏的现实》，我给这本书写了序。书中介绍了各种各样的平行宇宙，其中有一种宇宙最符合我们的直觉，这就是百衲布宇宙。传统文学和奇幻文学的创作者应该都能接受这种宇宙设想。这个设想是说，如果宇宙无限大，那么粒子的组合方式是无限多的，只要物理规律允许的总会发生和存在，这样，在无限大的宇宙中，每一个存在都可以是无数多个的，这么看，肯定在某个地方有和我们一模一样的两个人也在谈话。

吴岩：看起来就是一种科学猜想。

刘慈欣：科学猜想很像科幻，两者之间没有绝对的区别，因为科学猜想本来就是一种科幻的思维方式，但科幻更加超越。在《三体》第一部的后半段有十一维空间的描述，在这里科幻怎样超越了科学？它把这十一维空间一层一层地展开了，展到低维体积变大也变宏观了。这写法就有赖于科幻思维。《银河系漫游指南》中的飞船一会儿变成玫瑰花一会儿变成鲸鱼，这不叫超越，只是一种纯文学手法。《银河系漫游指南》中飞船的极低概率引擎，概率可能只是一亿分之一，但故事就提取出这部分来写，这就是科幻思维了。

吴岩：除了猜想性，还有什么科幻的独特思维方式？

刘慈欣：排列性。用科学思维推理出来的结果只有一种，推论出来的未来只是一个，但是科幻是把各种可能性排列出来，包括最不可能的可能，这也是一种独特性吧？因为各种可能性之间互不排斥，就连彻底相反的可能性在科幻里面也可以并存。在这个作品里宇宙是这样，在那个作品里宇宙是那样，都是可以的。但这在科学中不允许，是这个就是这个。

当然，不同的人可以有不同的猜想，但是猜想中最后总有一个是被承认的。而在科幻中，所有光明的未来我都可以接受，黑暗的未来我也可以接受，至于最后哪个未来是真实的，和我没关系。这就是排列思维，至于排列出来的种种可能性哪个是真实的并无太大关系。但对科学来说，哪个真实是很重要的。

吴岩：对科幻来说哪个都是真实的？

刘慈欣：也不能说哪种都是真实的，应该说都是可以接受的。

吴岩：还有什么？

刘慈欣：非线性思维或突变思维。科幻认为世界的改变不是一种平滑的改变，它是一种很陡峭的曲线。线性就是直线外推，$X=Y$；非线性就是 $X=Y^2$，开始看到它挺平滑，突然一下马上就陡上去了，甚至到最后变得接近于垂直。这种垂直的意思是什么呢？在很小的单位时间里变化是无限的。这就是所谓的“奇点”，它是非线性迅速陡峭的过程。我们现在科技的飞速发展还只是非线性的前面这一段，还没有到那个拐角呢，所谓的这个“拐角”“奇点”还没出现。《时间回旋》所表现的那种变化就是极端非线性变化：地球突然被一个时间膜包起来了，地球内部时间的流失速度比外界要慢上百万倍，这样一种变化你用线性思维显然是预测不到的。当前人工智能的变化也是非线性变化，科幻作家就是靠这种突变来讲故事。

吴岩：我在管理学和科幻课上，曾用到一本格林写的《未来学方法》。书中提到二三十种预测未来的方法，有的方法就来源于科幻，比如情景规划或者叫辛纳瑞欧 (scenario)，其实就是说故事，就是写"未来脚本"，看某个小事件发生后对社会的影响怎样涟漪般扩大，这些大概就是非线性的发展？

刘慈欣：你说的类似"蝴蝶效应"。一个很小的变化可以通过各种渠道在各个方向急剧放大。非线性思维是引进一种大变化把局势突然彻底扭转，但是你说的这个属于某种小事件结果被急剧放大，科幻中不乏这种例子。

展望：国际化和未来

吴岩：还是离开科幻本身的特性回到宏观吧。中国科幻发展的过程覆盖了西方科学进入中国的过程，那么，科学进入中国这件事的现状如何？还应该继续怎样做？

刘慈欣：科学进入中国开启了中国的现代进程。中国之所以成为今天的中国，是跟科学进入中国密切相关的。我认为，中国社会应该继续把科学作为一种提升国力的最基本的东西，这同时也应该重视科技所产生的负面效应。但是，不应该因为当前的负面思潮，比如反科学主义思潮的影响而阻碍科技的发展。我认为，当前中国的科学最重要的就是发展，最大的危险就是停止发展。其次才是它带来的负面效应。

吴岩：这次获奖，对国际国内科幻文学界的意义是什么？

刘慈欣：第一次让美国科幻文学界知道了中国科幻文学的存在。同时，对中国科幻向美国输出有推动作用。对国内科幻文学的推动有限，雨果奖在国内本来就影响有限，国内科幻文学的现状也很难因为一个国际奖项而改观。它仍然与主流文学有一定距离。但是这次获奖确实会让科幻文学引起主流文学的注意，这是肯定的。不过，这种注意力终究还是有限的。科幻文学永远不会是主流，国外现在也不是主流。

附录 2

“刘慈欣作品研讨会”纪要

戴　一

2012 年 10 月 26 日上午，“刘慈欣作品研讨会”在四川科技馆举行。赴蓉参加星云奖暨银河奖颁奖仪式的数十位作家、评论家、学者、编辑出席了研讨会，就刘慈欣的科幻小说创作各抒己见。

研讨会开始时，姚海军主编对刘慈欣作品推广的历程进行了介绍。早在《三体》系列出版之前，《科幻世界》与作家出版社已推出过两部刘慈欣的长篇小说，这两部小说受到了读者的广泛欢迎。为了进一步提高刘慈欣作品的影响力，《科幻世界》又采取了在杂志上连载刘慈欣小说的新方式，取得了显著的效果（读者们狂热地追踪每一期杂志）。到 2008 年，《三体》单行本和《地球往事》三部曲的第二本——《黑暗森林》相继出版，刘慈欣的大名在读者的口中也变成了亲切的“大刘”；2010 年，《地球往事》三部曲的最后一部《死神永生》面世。姚海军评价道：

这是一部极具破坏性的作品，这种破坏性既体现在它自身情节上，也体现在它作为科幻文学的创作手法之上——它采用了一种前无古人的手法，把许多足具震撼力的科幻创意放到了一部作品里；在商业作家中，没有人采用这样的写作方式，因为用这么多的创意足够写出许多部长篇小说了，它将中国科幻推到了一个新高度，是自我牺牲之作，恢宏大气、想象绚丽。姚海军有这样一个比喻：刘慈欣用旺盛的精力建成了一个光年尺度上的展览馆，里面藏满了宇宙文明史中科学与技术创造出来的超越常人想象的神迹。大刘用想象力征服读者，但他的作品中不仅有想象力，而且内涵丰富，故各界的朋友都对刘慈欣作品有很高评价。《人民文学》主编李敬泽认为刘慈欣可与世界上最好的科幻作家相比肩；诺贝尔文学奖获得者莫言也曾高度评价刘慈欣的作品："（刘慈欣）利用深厚的科学知识作为想象力的基础，把人间的生活、想象的生活，融合在一起，产生独特的趣味。这样的能力我就不具备。"刘慈欣为了推广科幻文学，也参加了许多活动，如去年的香港书展，那时他做的演讲受到了读者的热烈欢迎，场面火爆；又如今年的伦敦书展，刘慈欣也引起了广泛的关注；他甚至受邀到达沃斯论坛上发言，但由于时间关系，很遗憾未能成行。刘慈欣获得的奖项并不限于科幻界的星云、银河奖，还有一些主流文学奖，如《三体Ⅲ》获《当代文学》杂志所评的2011年年度最佳长篇小说，短篇《赡养上帝》最近也获得了柔石文学奖，极大地拓宽了科幻文学的生存空间。姚海军认为，现在有必要对刘慈欣过往至今的作品加以分析总结，进一步推动科幻文学的创作——这不仅是对刘慈欣先生个人的作品的总结，也是对中国科幻的一个阶段性总结，相信会对今后的科幻创作有相当的启示意义。

中国科学院理论物理学家李淼教授在讨论时第一位发言，他表示，自己对科幻小说的熟悉才刚刚开始，对科幻小说的印象本来还停留在80年代大学时期所读的《小灵通漫游未来》等作品上，后来由于科普写作的关系，接触了更多的科幻作品和作家，当中首推刘慈欣。李淼教授笑谈起六七年前自己被劝说写科幻的经历，人说“一旦进入作品你就成为上帝，这种感觉比吸毒还上瘾”，但李淼表示自己写不了，因为这还关系到写作的技巧，也许退休后会尝试。李淼一开始和刘慈欣作品结缘是出于一个偶然，他无心在网上发布了一些指出《三体》中的物理有对有错的微博，引发了广泛关注，许多《三体》迷催促他将这些观念写出来，他才惊叹《三体》的影响力之大，于是后来有了《三维人进入四维会发生什么？》等广泛流传的“李淼谈《三体》中的物理学”系列，共有四万多字，已在微博上发布了三万多字。李淼计划将大刘作品中涉及物理学的部分，不论正、误，都从现代物理学的角度分析一遍，写成的文字也计划出版。李淼表示，自己与大刘《三体》观点不同之处在于：

大刘的作品中人类冷酷地改变着宇宙，但他本人作为一个物理学家却更愿意相信人类的善意，且这种“善”是普适的，地外智慧生命也是同样。李淼教授笑言，听说大刘私下也说不相信自己所写，所以也许他们在这方面都一样，认为现实最后应当有一个光明的结尾。李淼接着谈道，自己最近对一个存在两千年之久的哲学问题发生了兴趣，即人是否拥有自由意志。因为现在，不仅是神经科学，物理学也开始关注这件事。例如，量子论是一种非决定论，从宏观上说，我们的大脑神经元网络是否允许这种非绝对论的东西存在呢？比如他今天决定参会，是否是出于自己的意志？大刘在《镜子》中也曾提到建立一个超弦计算机，当中拥有宇宙的全部细节——原则上讲，这就可以预言宇宙全部的未来——只要你知道现在的状态，或是大爆炸开端时的状态。因为宇宙是由低熵开始的，初始状态极为简单，可能只有几十条参数，不像现在这么复杂，只要输入它们，就可以计算出未来。当然，是否存在这么一个超级电脑另当别论。刘慈欣后来其实回答了争论了两千年的哲学问题——人是否有自由意志，换言之，量子力学是否允许不可预测的未来？《三体》告诉我们，未来也许就是不可预测的——人类、三体以及更高级的智慧都拥有自由意志，能够控制自己的做法、改变宇宙，智慧是存在于宇宙之中的一股独立力量。《三体》这样的宏大作品让人类反思——人既然有自由意志，很有可能，在未来的某一天我们便拥有了改变宇宙的力量。李淼教授表示自己是自由意志论者，不愿相信自己的每一天已经被决定。

上海交通大学江晓原教授已经针对刘慈欣作品发表过许多文字评论，其中不少甚至已经刊登在了交大学报的学术专栏中。江晓原教授讲起了自己指导的一个研究科幻、科学史的博士生的往事，当初这名博士生的论文题目受到了博士站上许多导师的反对，但江教授和这名学生坚持了下来，最终这篇论文通过，成为可能是中国第一篇研究科幻史的博士学位论文。这篇论文中的一段便是评价刘慈欣的小说。江教授说，自己不太喜欢过去像《小灵通漫游未来》那样的科普式科幻，故对科幻小说发生兴趣还是近几年的事情。剖析一个个案，他同意刘慈欣小说将中国科幻推到了新高度，放到国际上也毫不逊色，不过语言是一个问题。他其实不赞成刘慈欣的观点，对谈中二人的看法十分不一致，但他仍推崇其小说，尤其是当中的创造力、想象力和思想力度，尽管不造成其结果。举例证明新高度：外星文明是科幻永恒的主题，科学界也关心，如费米佯谬，宇宙在时间、空间上的尺度之大，若有智慧文明存在，其文明程度之高，为什么至今还没有外星文明的迹象呢？国外已经有五十种对费米佯谬的解释，当中并没有中国人参与讨论。而《三体》填补了这个空白，且毫不逊色。在已有的五十种解释中，一些武断认为“没有外星人”，一些认为“人类是外星文明豢养的宠物，不被允许得知主人的存在”，这些解释都是技术含量较低的。而刘慈欣在《三体Ⅱ》中提出了宇宙社会学的基本定论，为费米佯谬提交了一份中国式解答，且技术含量较高。在既存的解释中，只有波兰科幻小说家莱姆的看法与刘相近，他在《完美的星空》最后一篇中提出，今天的宇宙其实被高等文明所控制，他们有能力改变物理定律，协商制定出物理定律的极限，如光速，以限制后起的文明建立联盟，使之不能沟通而无法互相信任，这与刘慈欣提出的“猜疑链”神合。接下来，江教授还特意谈起了自己和刘慈欣观点的不同，在七年前的成都对谈中，刘慈欣秉持他一贯的逻辑，当场做起了思想实验。他指着现场做记录的美女问江教授：如果世界只剩下我们三个人了，我们必须吃掉她以生存下去，你吃不吃？美女表示愿意被吃，但自己绝不吃人；江教授表示自己绝不会吃，宁愿三人一起灭亡，因为吃人的人已经失去人性，理应灭亡；刘慈欣则表示自己一定会吃。江教授认为，刘慈欣的“冷酷”逻辑高度体现在了《三体Ⅱ》中的黑暗之战里，章北海就是刘本人的化身，网上甚至有人调侃说，大刘写《三体》就是为了回应与江教授的争论。当然，这只是夸张的戏言。江教授提起一种他听过的说法——对于自己笔下所写之事，王晋康是相信的，刘慈欣是不相信的。江教授玩笑道，这种说法给了他莫大的安慰，因为它说明生活中的刘慈欣不是冷酷无情之人，否则我们绝不能把很大的权力交给刘慈欣。“冷酷”的思维自有其好处，它为人类未来可能面临的危机提供了策略，这样的策略有些人会采取，有些人则不会。好莱坞电影里就有人类面临危机时，官方召集科幻电影导演、科幻作家前往讨论应急方案的情节，江教授戏言若出现外星人入侵危机，他赞成刘慈欣前往讨论。

清华大学刘兵教授主要在对比分析王晋康、刘慈欣作品的方面发表了看法，他认为，王晋康的作品更关注当下人类近期、中期的现实命运，如基因工程等；刘慈欣的作品则更适合用来做多方面的学理性研究，如费米佯谬的解释、物理学视角的讨论、哲学化伦理化的人文研究等。他也特别提出，读者在获得阅读快感时，是否思想也不知不觉受到了书中观点的影响，这亦是个值得研究的问题。

著名科普作家、科幻作家刘兴诗老师发言道，《三体》的成就毋庸赘言，但若抛开科幻作家的身份，以专业工作者的身份来看的话，我们现在没必要谈外星人，更应着重关心地球本身的问题。科幻作家应该有现实关怀，尽可能警示大众地球上存在的问题，如全球性气候变化、地震及次生灾害等自然规律导致的不可抗拒的灾难，还有人类社会产生的种种愚蠢问题。

复旦大学张业松教授则从现当代文学研究的角度分析了刘慈欣的作品。他认为中国科幻学院化、经典化的进程其实发展得非常快，大学学报上出现研究科幻的文章、市面上推出科幻相关学术专著、大学里出现了科幻专业。张教授回到文学的层次上谈论了科幻文学，认为将刘慈欣等人的作品放在大文学的评价体系中也足以代表高水平，超越了类型文学的小范围，但这还不够。尽管刘慈欣已经获得了一些主流文学奖项，刘慈欣的成就还未算得到了主流文学的相应认可。将刘慈欣作品放在时间、空间的纵横轴，对其成就进行衡量，这是我们未来可以关注研究的方向。张业松教授在讨论中提及了中国文学的"诗""骚"传统——前者关注民生的、现实的事物，也是中国传统文学的主流；后者更多是想象的、超越现实的东西，但它发育得比较薄弱。从这两个传统的角度来看待以刘慈欣为代表的科幻文学的话，科幻文学的作用和成就将得到更明晰的衡量。

黄寰教授用"大""科""幻"三字概括了《三体》系列：空间、时间尺度之大震撼人心，充满科学技术的理性魅力，科技背景上的华丽幻想以及在社会学等方面构架起的幻想也逻辑严密、人物情节充满真实感。评价《三体》时黄教授还引用了康德的名言："世界上有两件东西能够深深地震撼人们的心灵，一件是我们心中崇高的道德准则，另一件是我们头顶上灿烂的星空。"

著名作家、文学评论家洁尘女士过去接触科幻作品较少，表示《三体》刷新了她的阅读体验，并谦虚地表示自己仅是以读者的身份发布一些读后感：《三体》带给读者的"幻灭感"

是其独特价值，从文学创作要求的角度来看，文学本身承担的价值不该太多，不该把科学家、科普作家、政治家、伦理学家的工作强加到科幻作家身上，一个作家本身的价值就在于其独特的存在、对其生命景观的独特呈现，从这个角度讲，《三体》十分有成就。洁尘老师对《三体》提出的一点看法是，当中的男性角色比较鲜活（如章北海），但女性角色（如贯穿第三部始终的程心）令人失望，是平面化的单一色彩人物，缺乏说服力。但洁尘老师表示这算是吹毛求疵，因为塑造文学形象并非科幻文学的主要任务。洁尘老师还认为《三体》达到了巅峰水平，但刘慈欣不必在未来的创作道路上为此有所负担；她还表示，希望在大银幕上看到《三体》。

王晋康老师玩笑道自己和刘慈欣“既生瑜，何生亮”，若自己年轻十几岁，有着同样的视野，一定要和他一争高下。王晋康老师说起了中国科幻的几个发展阶段，并提及一个文学类别有它自身的发展规律，但中国科幻在前几个发展阶段里都受到了外界的干扰，并未尊重自然规律。如清末民初时，中国工业文明并不发达，科幻主要受到外国文化影响，如同西方闪电引发的零星野火，并未发展成片；新中国成立之时科幻文学受政治控制，科普性太强，“文革”时更不待言；“文革”后科学、科幻刚刚复苏，童恩正、叶永烈等人已经自觉开始了科幻文学化创作的尝试，可惜这种势头被过早地斩断；中国科幻真正走上自身发展道路，是从 90 年代开始的。根据发展规律，依次出现的首先应该是杂志加短篇时代，然后是长篇畅销书时代，接下来是科幻电影时代，后边才是后续的科幻产业时代。刘慈欣就开辟了长篇畅销时代，当然他也不是孤立存在的，在他周围还有一批如王晋康、韩松这样的科幻作家。

3G 门户网站张向东先生在发言时表示作为 IT 从业者及读者，希望看到刘慈欣创作有关信息未来题材的作品，并且对《三体》图书装帧设计方面提出了意见。

吴岩老师在发言时对刘慈欣的作品做了如下总结：刘慈欣作品的大获成功是时代的眷顾，是大刘三十年如一日坚持在创作中试图摸清时代脉搏的成果，符合一般人的生存逻辑、给予一般人心理关怀。吴岩老师还认为，科幻文学应当突破小范围，进入大文学的评价体系。吴岩老师特别提及，一味地强调刘慈欣的《三体》达到了世界科幻最高水平是不对的，应当冷静对待中国科幻的现状。

刘慈欣在研讨会总结陈词时，表示自己崇敬物理学家，尤其希望李淼老师来写科幻；他认为科幻比起科普，更能体现出科学的诗意。谈及创作时，刘慈欣说要抓住一个关键词：“科幻迷”。刘慈欣本人即是一个科幻迷，写科幻的目的 90% 都在于“创意”——前人没有想过的科幻的创意，所以，他的故事里的不论情节还是别的东西，都不过是创意的延伸物。刘慈欣说，这也是科幻迷作为作家的一个缺陷，因为缺少其他的东西，他不评价这种创作的好坏，但他自己就是这样一个心态。刘慈欣最后还谈到了科幻前途的问题：美国最近又爆出了“科幻是否终结了”的讨论，引起了广泛关注，而事实上，这种讨论每过一段时间便会重复出现。刘慈欣认为，科幻是科学催生的，但如今科幻面临的最大威胁恰恰也来自于科学——科学迅猛地发展，渗入我们的生活的速度也十分之快，已经以迅雷不及掩耳之势将科幻变成了现实，而人类对已经成现实的奇迹是天生感到麻木的，例如我们手中的苹果手机，它集合了照相机、摄像机、电话、GPS、温度计、重力感受仪、录音仪的功能，要在80年代，这么多的设备得用一辆卡车来拉，但现在可以被我们放进口袋里，可大家似乎没觉得有什么神奇之处。这便是科学对科幻最沉重的打击。科学失去了神奇之处，因此人们对未来的期待变得平淡了。刘慈欣认为，若想科幻文学进一步发展，一种途径是要提高其文学性，在每一种题材上进行更多的开拓，但对于自己这种科幻迷出身的作者而言，能做到的就是创造出更神奇的东西、更令人刻骨铭心的新创意，这就需要作者保持年轻的心态，不断地发现一般人发现不到的科学的神奇，刘慈欣表示，这也是自己今后的努力方向。

附录 3

英文网络评论精选 *

汪淼和叶文洁都是很棒的人物。当面对即将来临的灾难时，汪淼成长了。叶文洁深藏秘密，三缄其口。然而，我最喜欢的角色是大史。与科学家不同，他是一个务实的人，不关心理论而洞察生活。他的常识是这本书中最令人耳目一新的部分之一。

——南茜·法莫拉里（Nancy Famolari）

虽然这本小说跌宕起伏、一波三折，但是我不觉得《三体问题》是一本引人入胜的书，有时，我希望故事发展得快一些。但是当看到最后一页时，我意识到它的发展速度与主题相关，和宏大的时间、广阔的距离、史诗般的比例同步。在 Tor 网站的文章中，刘慈欣提到，在三部曲的第三卷中，他将“时间延

---

* 选自 Amazon 和 Goodreads 的《三体》读者评论，陈越译。

长到宇宙的热寂”。不论是科幻小说或其他类型的小说，我不记得曾经读过的任何小说能带给我在阅读《三体问题》时感受到的那般比例、规模和浩瀚之感。这让我想到尼采就“人类在宇宙中的位置”所说的话，他把我们称为“微不足道的地球居民”，并将我们比喻成自命不凡的蚂蚁。当阅读《三体问题》时，我经常能够明确地意识到身为人类的自己在宇宙中的渺小存在。

——吉姆（Jim）

章北海就像是从《星际迷航》出来的瓦肯人。他不仅伪装了数百年，而且在生死存亡的关头用惊人的不人道的方式拯救了人类。道德不足为训。只是又一个直面绝望做出的理性但黑暗的选择，这和弥漫在前两本书中的关于人类的悲观主义情绪非常契合。

P. 基梅尔（P. Kimel）

这本书如史诗般壮阔——达到了《沙丘》和《基地》系列的水平，从不降低自己以迎合粗俗的“外行”解释，自如地表现硬科学的部分，并保持着性格描写和情节展开的绝妙平衡。

黑色科幻的气质，赛博朋克的节奏，社会学的探索——重申一下，这应该是最好的科幻小说之一。

——地下遁逃者（Subterranean Subterfuge）

第三本书的主角是另一位女士（程心女士）。她聪明但软弱，而她在这本书中的选择将引起《三体》迷之间的长期争论。但最后真的有意义吗？无论她选择什么，看来人类的命运都不可避免地注定如此。我会说，这两个女人：卷一的叶文洁，卷三的程心，几乎决定了故事的进程和结局（应该对大刘做一番女性主义分析）。

除了科幻和童话，显然大刘喜欢写侦探故事，这在整个系列中点点滴滴地表现出来。卷一开始是一个科学家试图找出他的视力出了什么问题以及导致其他科学家自杀的幕后黑手。卷二在面壁者和破壁者之间进行了大量的猫鼠游戏。卷三提到许多专家（科学家、情报官员和文学教授）试图破译童话的真实意义。这些情节引发你的猜测，并增加额外的刺激。

——P. 基梅尔

我觉得自己又回到了童年时代，而且内心充满敬畏和惊奇。这（第三部）是本系列迄今为止最好的一本书。想法惊人的宏大，但这个故事的核心始终紧密地围绕着人。让我喜欢的是，不仅小说中的人物血肉丰满，文明同样如此。

时不时地，行文中绽放出陌生的诗歌，不同于任何我读过的以英语为母语的人创作的散文作品。译者做得很出色。

我对结局深感不满，但也许这就是意义所在。这不是一个有圆满结局的童话故事，而是一个刺激人心、挑动思虑的故事。这部小说会让我好好想一想。在一个充满智慧物种的宇宙中，身为人类意味着什么？除了生存本能，还有什么是神圣不可侵犯的？书中有多层次、多维度的隐喻，其中只有一些得到了作家的明确解释，但很明显这是一本值得反复阅读的书。

——低语的风（wind in whispers）

作者让人佩服得五体投地，通过穿插在故事中的客观全知叙述者和不透明角色的主观看法，融汇了科学、社会、政治、宗教、性别、人性、生活等方方面面的不同思想，这使得本书的哲学内核难以捉摸。事实上，即便我们面对的是屠灭种族的外星入侵者和厉行杀戮的星际驱逐舰，三部曲中也没有真正的邪恶。然而，仍然有相当程度的民族中心主义和更成问题的男性中心主义，与作者笔下具有宇宙规模的磅礴景象不相称。虽然男性目光在第一本和第二本书中普遍存在，反映的却是一个来自极端父权社会的男主人公（如果不是作者本人）的内心世界。尽管作者显然打算在黑暗森林宇宙的宏大框架中宽恕和消减所有的罪孽、侵略和软弱，但刘慈欣所理解的“男性”和“女性”的价值观差异即便在宇宙尺度上也无法调和。这令人失望，但可以原谅。

许多批评家，包括译者在内，都认为《死神永生》是三部曲中最好的。我不同意。刘慈欣用同一个故事写了三本完全不同的书，甚至可以认为它们是用三种不同的体裁写成的，每一种都在相互平等的地位上取得了成功和超越。然而，《死神永生》是最宏大的，它将会震撼你的心灵。

——谢默斯·X·李（Seamus X. Li）

这些——以及许多其他新兴的明星——证明中国科幻小说走向成熟，成为透彻而迷人的顶级思想实验。我一直坚持认为，一个开明进步社会的健康程度是由其科幻小说的活力来衡量的，因为这是真正的自我批判、评估和希望所在。如果是这样的话，可不仅仅是一个对于中国的好消息！

——戴维·布林（David Brin，著名科幻作家）

编后记

编辑本书的最初想法，源自 2014 年 5 月“中国科幻文学再出发”学术工作坊在重庆大学高研院的成功举办。这次工作坊被刘慈欣誉为“对中国科幻文学界具有里程碑的意义”，也让我们感受到，学界内外对《三体》和科幻文学的兴趣日渐浓厚，研究愈益深入。从那时起，我们就产生了编辑一本《〈三体〉研究手册》的念头，并开始收集相关的资料。这次得到三联书店的邀请，我们既备感荣幸，同时也是“固所愿也”。

本书定名为《〈三体〉的 X 种读法》。顾名思义，首先是体现编选这些评论的意图，即在有限的篇幅内展现对《三体》的多元解读。其次，X 有“未知数”之意，关联着诸多科幻作品，是科幻爱好者们心照不宣的秘密符号。正如本书序言提及的，《三体》的影响已经超越了科幻圈和学术界，成为文化、传媒、网络、IT 各界人士乃至国家政要普遍关注的“现象”。因此，在选文标准上，本书既注重学术界有代表性的高水平研究，也关注媒体和网络上的各类视角新颖、自由活泼的评论和同人作品。我们在编选过程中，努力做到兼容并包，收入不同视角、观点、形式和语言的评论。这些评论各有特色，甚至彼此矛盾，我们认为这恰恰证明了《三体》作为一部内涵丰富的杰作所具有的激发思考和想象的力量。

当然，因为字数的限制，有的优秀评论不得不忍痛割爱或大幅删减，学术论文也都删去了注脚，还有外文评论不易获得授权，如《科学》《纽约客》等著名英文刊物都曾评点《三体》，文章短小精悍，颇有见地，奈何版权联系不畅。这些遗憾，有待今后本书再版时弥补。部分英文网络评论亦未及落实授权，盼作者见书后拨冗联系我们。

尽管挂一漏万，这部评论集仍然涉及多个不同的学科，这使得两位编者的跨学科合作水到渠成。这种合作与我们平素互通有无、互相启发的交流分不开，也得益于高研院良好的跨学科研究氛围，我们可谓乐在其中。在编辑过程中，重庆大学高研院硕士生张莎、四川大学文学与新闻学院硕士生陈越协助我们做了大量的联络作者、整理资料和校对文稿等工作，陈越还承担了所有英文评论的翻译，在此特表谢意。

在本书即将成稿之际，我们还要感谢三联书店副总编辑舒炜的邀请和信任，张静芳、王竞专业而细致的指导，以及吴岩、张峰等师友贡献的宝贵意见。同样需要感谢的是本书的作者朋友们，你们的慨然授权，让我们得以在较短时间内收录绝大部分早就看好的精彩评论。有的作者还专门为本书修订了原稿，我们对此再次深表感谢。

李广益　陈　颀

2017 年 2 月 18 日于重庆大学文字斋